戦国姫《せんごくひめ》

―初《はつ》の物語《ものがたり》―

藤咲《ふじさき》あゆな・著
マルイノ・絵

集英社みらい文庫

はじめに　――浅井《あざい》三姉妹《しまい》の真《ま》ん中《なか》「初《はつ》」の波乱《はらん》に満《み》ちた人生《じんせい》とは？――

戦国時代《せんごくじだい》の有名《ゆうめい》な女性《じょせい》の名《な》を挙《あ》げるとすると、豊臣秀吉《とよとみひでよし》の正室《せいしつ》「おね」、側室《そくしつ》の「茶々《ちゃちゃ》」、織《お》田信長《だのぶなが》の正室《せいしつ》「濃姫《のうひめ》」、妹《いもうと》の「お市《いち》の方《かた》」などが真《ま》っ先《さき》に出《で》てくるかと思《おも》います。

さて、本書《ほんしょ》の主人公《しゅじんこう》「初《はつ》」ですが――。ここ近年《きんねん》、妹《いもうと》の江《ごう》がNHK《エヌエイチケー》大河《たいが》ドラマ「江《ごう》～姫《ひめ》たちの戦国《せんごく》～」（2011年《ねん》放送《ほうそう》）の主人公《しゅじんこう》になったおかげで、彼女《かのじょ》の生家《せいか》・浅井家《あざいけ》に注目《ちゅうもく》が集《あつ》まり、長女《ちょうじょ》の茶々《ちゃちゃ》、次女《じじょ》の初《はつ》、三女《じょ》の江《ごう》を総称《そうしょう》して「浅井三姉妹《あざいしまい》」としてだいぶ知《し》られるようになりました。が、初《はつ》は有名《ゆうめい》な姉《あね》と妹《いもうと》に挟《はさ》まれているせいか地味《じみ》な印象《いんしょう》がいまいち拭《ぬぐ》えません。

その原因《げんいん》は夫《おっと》の知名度《ちめいど》の低《ひく》さにもあります。戦国好《せんごくず》きでなくとも、たいがいの日本人《にほんじん》はいわゆる「三英傑《えいけつ》」――織田信長《おだのぶなが》、豊臣秀吉《とよとみひでよし》、徳川家康《とくがわいえやす》を知《し》っていますし、ちょっと詳《くわ》しい人《ひと》なら、武田信玄《たけだしんげん》、上杉謙信《うえすぎけんしん》、石田三成《いしだみつなり》ぐらいならわかるかと思《おも》います。

けれど、初《はつ》の夫《おっと》・京極高次《きょうごくたかつぐ》はたいした出世《しゅっせ》もしていませんし、派手《はで》な戦功《せんこう》もありません。そのため、初《はつ》は〝ごく当《あ》たり前《まえ》の結婚《けっこん》をした姫《ひめ》〟ともいわれています。

ですが、ふたを開《あ》けてみるとどうでしょうか。初《はつ》が生《う》まれてから死《し》ぬまでに住《す》んだ場所《ばしょ》は、小谷城《おだにじょう》、大坂城《おおさかじょう》、大津城《おおつじょう》など十《じゅっ》か所以上《しょいじょう》を数《かぞ》え、最後《さいご》は江戸《えど》の京極屋敷《きょうごくやしき》で亡《な》くなっています。国《くに》の名前《なまえ》にしてまとめ直《なお》すと、近江《おうみ》、美濃《みの》、尾張《おわり》、伊勢《いせ》、越前《えちぜん》、摂津《せっつ》、若狭《わかさ》、武蔵《むさし》となります。同《おな》じ国《くに》の中《なか》での移動《いどう》はほかの姫《ひめ》にも見《み》られる例《れい》ではありますが、いくつもの国《くに》をまたいで、となるとそう多《おお》くはないのでは、と思《おも》います。

そして、これがまた彼女《かのじょ》のすごいところなのですが、小谷城《おだにじょう》、北ノ庄城《きたのしょうじょう》、大津城《おおつじょう》、大坂城《おおさかじょう》にて人生《じんせい》で四度《ど》もの落城《らくじょう》を経験《けいけん》し、そのたびに生《い》き延《の》びているのです。

こういった事実《じじつ》に加《くわ》え、三姉妹《しまい》の真《ま》ん中《なか》として「大坂《おおさか》の陣《じん》」にて姉《あね》の豊臣《とよとみ》と妹《いもうと》の徳川《とくがわ》の間《あいだ》をなんとかつなごうとした彼女《かのじょ》の行動力《こうどうりょく》などから、初《はつ》は状況《じょうきょう》の変化《へんか》に対応《たいおう》する柔軟性《じゅうなんせい》を持《も》ちながらも芯《しん》の強《つよ》いお姫様《ひめさま》だったのでは、と私《わたし》は考《かんが》えました。

今回《こんかい》も「―鳥《とり》の巻《まき》―」ではふれられなかった史実《しじつ》も多《おお》く盛《も》り込《こ》んでいますが、中《なか》でも異母弟《おとうと》の万寿丸《まんじゅまる》（喜八郎《きはちろう》）の登場《とうじょう》は必見《ひっけん》です。また本書《ほんしょ》では、彼女《かのじょ》の従姉《いとこ》で秀吉《ひでよし》の側室《そくしつ》「京極竜子《きょうごくたつこ》」の物語《ものがたり》も収録《しゅうろく》しました。

それでは、戦国時代《せんごくじだい》という荒天《こうてん》の中《なか》で大《おお》きく翼《つばさ》を広《ひろ》げて飛《と》び続《つづ》けた初《はつ》の人生《じんせい》を、どうぞ、お楽《たの》しみください。

藤咲《ふじさき》あゆな

戦国姫《せんごくひめ》 —初《はつ》の物語《ものがたり》— 目次《もくじ》

戦国姫《せんごくひめ》 —初《はつ》の物語《ものがたり》—

当時《とうじ》の国名《こくめい》マップ

現在《げんざい》の
都府県名《とふけんめい》
だよ。
北《きた》
西《にし》
東《ひがし》
南《みなみ》
青森県《あおもりけん》
秋田県《あきたけん》
岩手県《いわてけん》
山形県《やまがたけん》
宮城県《みやぎけん》
新潟県《にいがたけん》
石川県《いしかわけん》
富山県《とやまけん》
福島県《ふくしまけん》
島根県《しまねけん》
鳥取県《とっとりけん》
福井県《ふくいけん》
群馬県《ぐんまけん》
栃木県《とちぎけん》
山口県《やまぐちけん》
広島県《ひろしまけん》
岡山県《おかやまけん》
京都府《きょうとふ》
岐阜県《ぎふけん》
長野県《ながのけん》
埼玉県《さいたまけん》
茨城県《いばらきけん》
佐賀県《さがけん》
福岡県《ふくおかけん》
香川県《かがわけん》
兵庫県《ひょうごけん》
滋賀県《しがけん》
山梨県《やまなしけん》
東京都《とうきょうと》
愛媛県《えひめけん》
大阪府《おおさかふ》
奈良県《ならけん》
愛知県《あいちけん》
神奈川県《かながわけん》
長崎県《ながさきけん》
大分県《おおいたけん》
徳島県《とくしまけん》
三重県《みえけん》
静岡県《しずおかけん》
千葉県《ちばけん》
熊本県《くまもとけん》
高知県《こうちけん》
和歌山県《わかやまけん》
宮崎県《みやざきけん》
鹿児島県《かごしまけん》

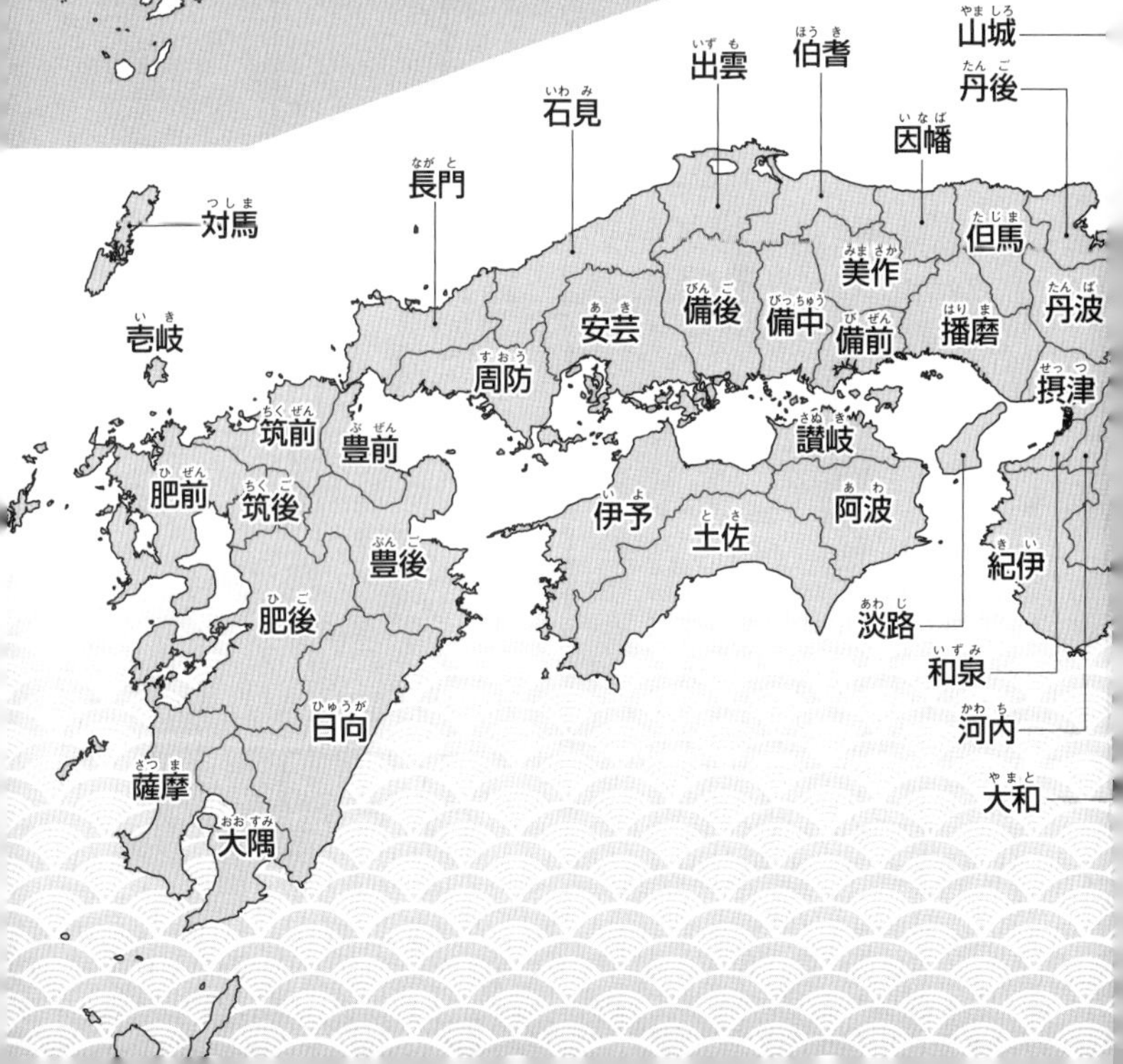

山城《やましろ》
伯耆《ほうき》
出雲《いずも》
丹後《たんご》
石見《いわみ》
因幡《いなば》
長門《ながと》
対馬《つしま》
但馬《たじま》
美作《みまさか》
丹波《たんば》
壱岐《いき》
備後《びんご》
備中《びっちゅう》
安芸《あき》
備前《びぜん》
播磨《はりま》
周防《すおう》
摂津《せっつ》
筑前《ちくぜん》
豊前《ぶぜん》
讃岐《さぬき》
肥前《ひぜん》
筑後《ちくご》
伊予《いよ》
阿波《あわ》
土佐《とさ》
豊後《ぶんご》
紀伊《きい》
肥後《ひご》
淡路《あわじ》
和泉《いずみ》
日向《ひゅうが》
河内《かわち》
薩摩《さつま》
大和《やまと》
大隅《おおすみ》

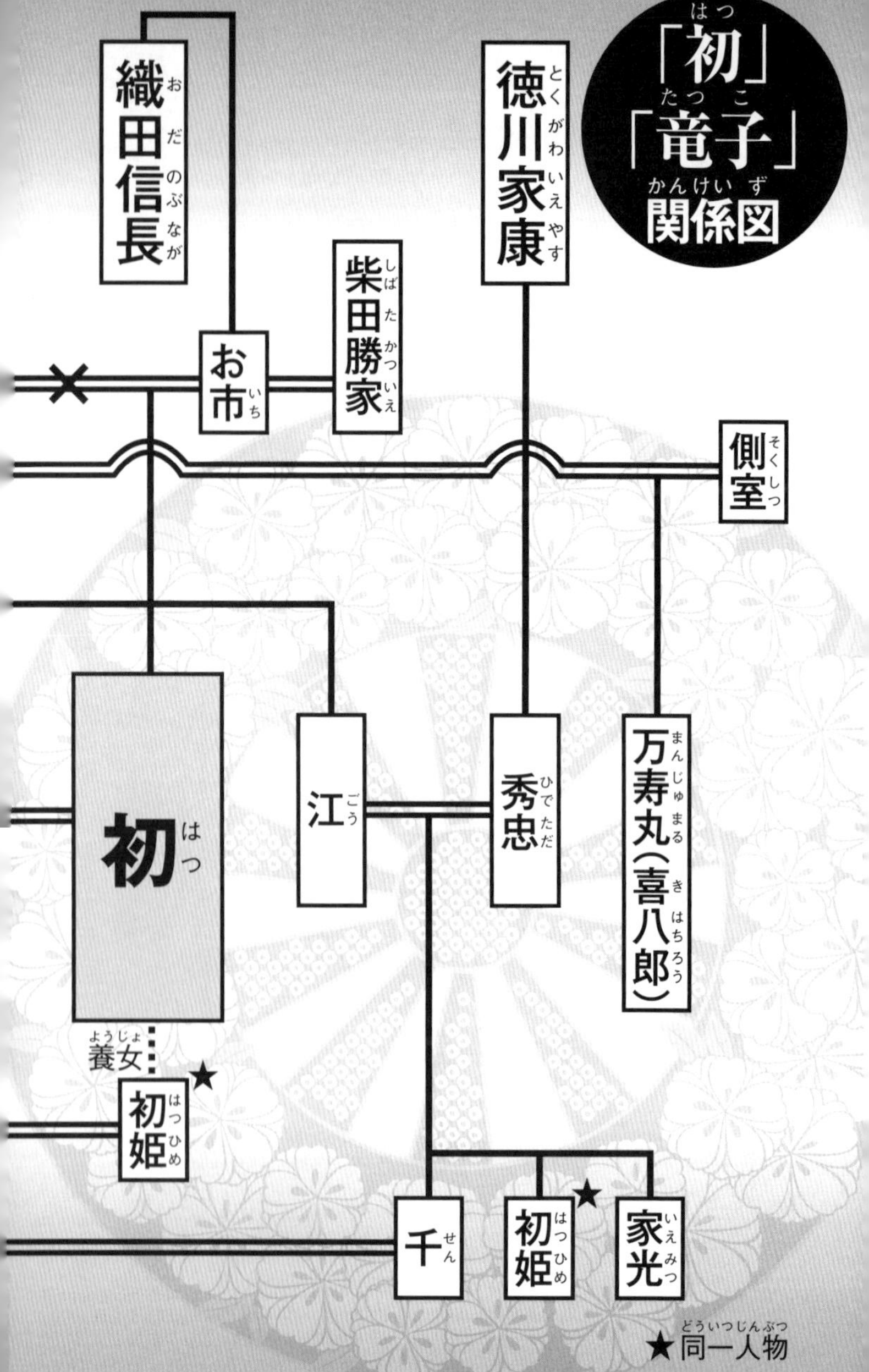
「初《はつ》」
「竜子《たつこ》」
関係図《かんけいず》
織田信長《おだのぶなが》
徳川家康《とくがわいえやす》
柴田勝家《しばたかついえ》
お市《いち》
側室《そくしつ》
初《はつ》
江《ごう》
秀忠《ひでただ》
万寿丸《まんじゅまる》(喜八郎《きはちろう》)
養女《ようじょ》
初姫《はつひめ》
千《せん》
初姫《はつひめ》
家光《いえみつ》
★同一人物《どういつじんぶつ》

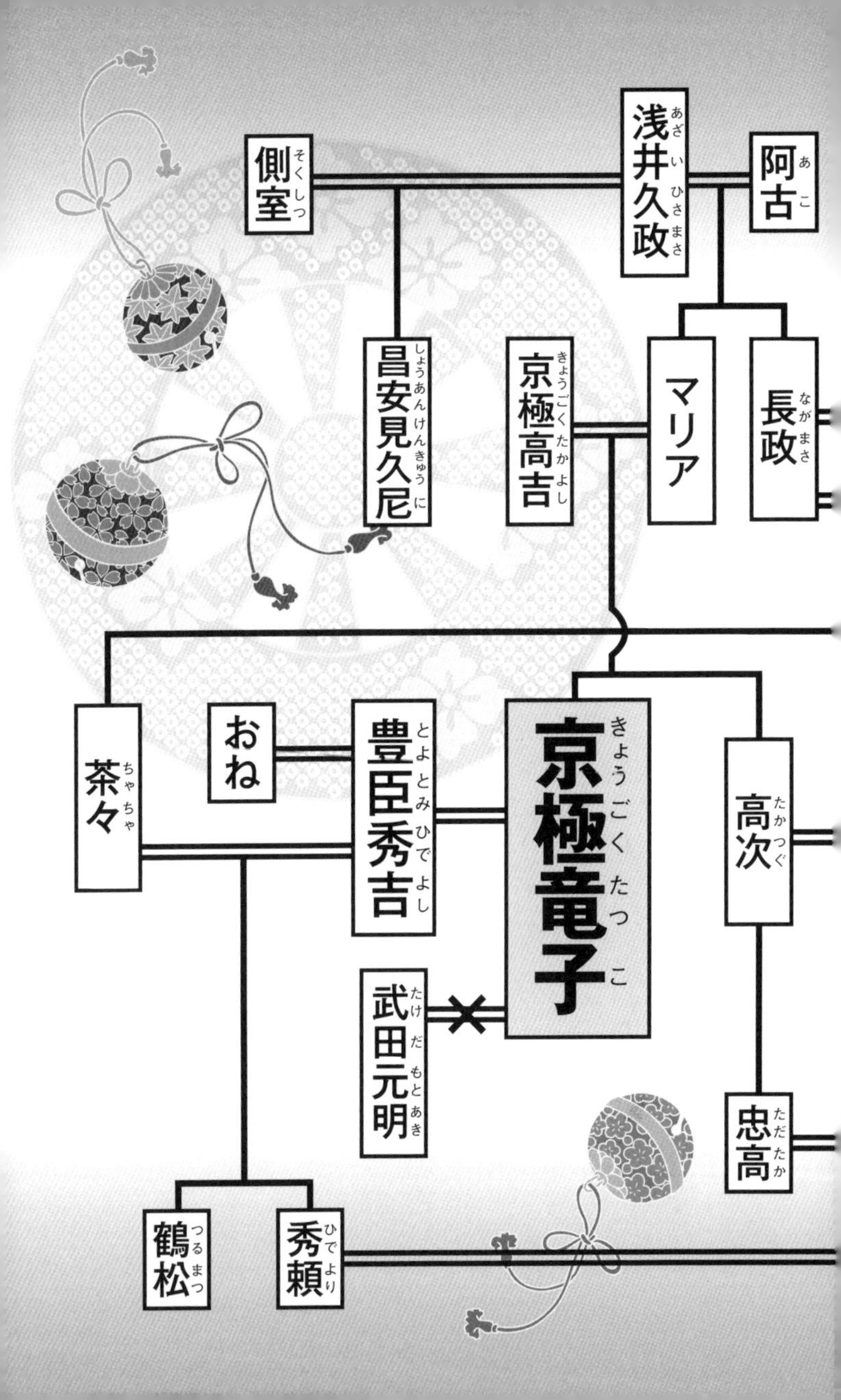

阿古《あこ》
浅井久政《あざいひさまさ》
側室《そくしつ》
長政《ながまさ》
マリア
京極高吉《きょうごくたかよし》
昌安見久尼《しょうあんけんきゅうに》
高次《たかつぐ》
京極竜子《きょうごくたつこ》
豊臣秀吉《とよとみひでよし》
おね
茶々《ちゃちゃ》
武田元明《たけだもとあき》
忠高《ただたか》
秀頼《ひでより》
鶴松《つるまつ》

歴史《れきし》には諸説《しょせつ》ありますが、
このシリーズでは主《おも》に通説《つうせつ》に基《もと》づき、
物語《ものがたり》を構成《こうせい》しています。

荒《こう》天《てん》の章《しょう》

1　小谷城落城《おだにじょうらくじょう》――天正元年《てんしょうがんねん》（１５７３年《ねん》）――

広大《こうだい》な琵琶湖《びわこ》を有《ゆう》する近江国《おうみのくに》――。

浅井長政《あざいながまさ》が統《す》べる北近江《きたおうみ》の小谷城《おだにじょう》は、先《さき》ほどから大変《たいへん》な騒《さわ》ぎになっていました。

「織田《おだ》が越前《えちぜん》の朝倉《あさくら》を攻《せ》めるなど……これは我《わ》が浅井《あざい》に対《たい》する裏切《うらぎ》りではないか！」

長政《ながまさ》の父《ちち》・久政《ひさまさ》が怒《おこ》るのも、無理《むり》のないことでした。

隣国《りんごく》、美濃《みの》を統《す》べる織田信長《おだのぶなが》と同盟《どうめい》を結《むす》ぶ際《さい》、「織田《おだ》が朝倉《あさくら》を攻《せ》める場合《ばあい》は、事前《じぜん》に浅井《あざい》に知《し》らせる」と約束《やくそく》したにもかかわらず、信長《のぶなが》がそれをせずに朝倉攻《あさくらぜ》めを開始《かいし》したのです。

しかし、長政《ながまさ》の正室《せいしつ》・お市《いち》の方《かた》は信長《のぶなが》の妹《いもうと》です。

そのため、朝倉《あさくら》につくか織田《おだ》につくかで、浅井《あざい》の家中《かちゅう》は揺《ゆ》れに揺《ゆ》れ――。

結局《けっきょく》、久政《ひさまさ》が「古《ふる》くからの朝倉《あさくら》との関係《かんけい》を重視《じゅうし》すべし」と意見《いけん》を押《お》し通《とお》し、浅井《あざい》は金ヶ崎《かねがさき》まで攻《せ》め上《のぼ》っていた織田《おだ》を朝倉《あさくら》と挟《はさ》み撃《う》ちにすることにし、兵《へい》を出《だ》しました。

前《まえ》も後《うし》ろも敵《てき》に挟《はさ》まれた信長《のぶなが》は、長政《ながまさ》の裏切《うらぎ》りを知《し》るや否《いな》や、撤退《てったい》を開始《かいし》。のちに「金ヶ崎《かねがさき》の退《の》き口《ぐち》」（永禄《えいろく》13年《ねん》／1570年《ねん》）と呼《よ》ばれるこの危機《きき》を信長《のぶなが》はなんとか脱《だっ》しましたが、命《いのち》からがら岐阜城《ぎふじょう》へ帰《かえ》り着《つ》くと、ただちに浅井《あざい》攻《ぜ》めの軍《ぐん》を整《ととの》えたのです。

「お市《いち》、すまぬ。織田《おだ》との戦《いくさ》は避《さ》けられぬ……。そなたは姫《ひめ》たちを連《つ》れ、実家《じっか》へ戻《もど》れ」

夫《おっと》の長政《ながまさ》からそう言《い》われ、お市《いち》は首《くび》を振《ふ》りました。

「いえ、兄《あに》のもとに帰《かえ》りたくはありませぬ。どうか、このままおそばに置《お》いてくださいまし」

政略結婚《せいりゃくけっこん》とはいえ、長政《ながまさ》とお市《いち》はとても仲睦《なかむつ》まじい夫婦《ふうふ》でした。結婚《けっこん》した翌年《よくとし》には一の姫《ひめ》の茶々《ちゃちゃ》を授《さず》かり、そして三年目《ねんめ》の今年《ことし》、二の姫《ひめ》の初《はつ》が生《う》まれたばかりです。

「お市《いち》……」

長政《ながまさ》はお市《いち》を強《つよ》く抱《だ》き締《し》めました。長政《ながまさ》も愛《あい》する家族《かぞく》と離《はな》れたくはなかったのです。

ですが、お市《いち》が浅井《あざい》に留《とど》まることを久政《ひさまさ》は許《ゆる》しませんでした。

「お市《いち》を織田《おだ》へ返《かえ》せ。敵方《てきがた》の姫《ひめ》を置《お》いておくことなどできぬ！」

「父上《ちちうえ》、お市《いち》は私《わたし》の妻《つま》です！　どこへもやりませぬ！」

「長政《ながまさ》、おぬしは信長《のぶなが》に心酔《しんすい》しておったな！　本当《ほんとう》は戦《いくさ》をするのが嫌《いや》なのではないか!?」

話《はな》し合《あ》いの場《ば》はこのように荒《あ》れ続《つづ》け、長政《ながまさ》や家臣《かしん》たちはなんとか鎮《しず》めようとしましたが、激《げき》高《こう》する久政《ひさまさ》は聞《き》く耳《みみ》を持《も》ちません。

そこへ久政《ひさまさ》の正室《せいしつ》・阿古《あこ》がやってきて、こう言《い》い放《はな》ちました。

「先《さき》ほどからなにを騒《さわ》いでおるのです？　お市《いち》は兄《あに》の信長《のぶなが》ではなく長政《ながまさ》を選《えら》んだのです。浅井《あざい》の人間《にんげん》となった者《もの》を、なぜ織田《おだ》に返《かえ》さねばならないのですか⁉」

凛《りん》としたその声《こえ》に、その場《ば》は静《しず》まり返《かえ》りました。

そのおかげで、お市《いち》は浅井《あざい》に留《とど》まることができたのです。

そして、6月《がつ》28日《にち》、早朝《そうちょう》。

姉川《あねがわ》を挟《はさ》んで、浅井《あざい》・朝倉連合軍《あさくられんごうぐん》一万八千《まんはっせん》と織田《おだ》・徳川連合軍《とくがわれんごうぐん》三万《まん》四千《せん》が衝突《しょうとつ》。

最初《さいしょ》は浅井軍《あざいぐん》が織田軍《おだぐん》を押《お》し、戦《たたか》いは浅井《あざい》に有利《ゆうり》に展開《てんかい》しましたが、徳川軍《とくがわぐん》が朝倉軍《あさくらぐん》の一角《いっかく》を崩《くず》したことにより、未《ひつじ》の刻《こく》（午後《ごご》二時《じ》）には浅井《あざい》・朝倉連合軍《あさくられんごうぐん》が総崩《そうくず》れになり……。朝倉軍《あさくらぐん》が本国《ほんごく》の越前《えちぜん》を目指《めざ》して逃《に》げ、浅井軍《あざいぐん》は小谷城《おだにじょう》へ引《ひ》き上《あ》げざるを得《え》なくなったのです。

要害堅固《ようがいけんご》な小谷城《おだにじょう》は峻険《しゅんけん》な山《やま》の尾根《おね》を利用《りよう》した南北《なんぼく》に延《の》びる山城《やまじろ》です。信長《のぶなが》は長政《ながまさ》をおびき出《だ》すため、ふもとの清水谷《きよみずだに》の町《まち》を焼《や》き払《はら》いましたが、長政《ながまさ》はこの挑発《ちょうはつ》には乗《の》らず、城《しろ》に籠《こ》もってじっと耐《た》えました。

お市《いち》もまた、まだ赤《あか》ん坊《ぼう》のふたりの姫《ひめ》のそばで兄《あに》と夫《おっと》が戦《たたか》うという不幸《ふこう》に耐《た》えていました。

（兄上《あにうえ》はもしかしたら、私《わたし》のことを考《かんが》えて城《しろ》まで攻《せ》めてこなかったのかもしれない……。ならば、私《わたし》は長政様《ながまささま》のおそばを離《はな》れずにいます。兄上《あにうえ》と長政様《ながまささま》がいつか和睦《わぼく》すると信《しん》じて——）

お市《いち》はその日《ひ》が早《はや》く来《く》ることを願《ねが》い、茶々《ちゃちゃ》と初《はつ》の頭《あたま》をそっと撫《な》でました。

（この子《こ》たちが大《おお》きくなる前《まえ》に、戦《いくさ》が終《お》わっていてほしい……）

けれど、お市《いち》の願《ねが》いもむなしく、夫《おっと》と兄《あに》の戦《いくさ》はその後《ご》も続《つづ》いてしまうのです。


「兄上《あにうえ》——っ、どこにいるのですか？　兄上《あにうえ》——っ」

兄《あに》・万福丸《まんぷくまる》の姿《すがた》を求《もと》めて、浅井家《あざいけ》の二の姫《ひめ》——初《はつ》は城《しろ》の中《なか》を走《はし》り回《まわ》っていました。

「初姫様《はつひめさま》、お待《ま》ちくださいい！」

まだ四歳《さい》の小《ち》さな初《はつ》を侍女《じじょ》たちが追《お》いかけますが、初《はつ》は捕《つか》まりそうになると素早《すばや》く身《み》をかわし、ちょこまかと動《うご》き回《まわ》るので、侍女《じじょ》たちはてんてこまいです。

「ははあ……」

「もう、だめ〜〜」

息《いき》を切《き》らして廊下《ろうか》にへたり込《こ》む侍女《じじょ》たちにかまわず、初《はつ》は走《はし》り続《つづ》けましたが——。

「……わっぷ」

角《かど》を曲《ま》がったとたん、向《む》こうから来《き》ていた誰《だれ》かに、どんっ、と当《あ》たってしまいました。それは母《はは》のお市《いち》でした。

「初《はつ》、なにを騒《さわ》いでいるの？」

「あ、母上《ははうえ》！　兄上《あにうえ》を探《さが》しているのです。一緒《いっしょ》に遊《あそ》んでもらいたいのに全然《ぜんぜん》見当《みあ》たらなくて」

無邪気《むじゃき》に言《い》う初《はつ》とは反対《はんたい》に一瞬《いっしゅん》、お市《いち》の顔《かお》は曇《くも》りました。が、お市《いち》はすぐに笑顔《えがお》を作《つく》り、かがんで初《はつ》に目《め》を合《あ》わせると、こう言《い》いました。

「万福丸《まんぷくまる》はね、大事《だいじ》な用事《ようじ》があって城《しろ》を出《で》たの。だから、しばらく会《あ》えないわ」

「えっ……そうなのですか」

初《はつ》はつまらなそうに口《くち》を尖《とが》らせました。くるくると表情《ひょうじょう》が変《か》わる初《はつ》を愛《いと》おしそうに見《み》つめ、お市《いち》は初《はつ》の肩《かた》に手《て》を置《お》くと、くるりと向《む》きを変《か》えさせました。

「朝《あさ》のお支度《したく》がまだでしょう？　髪《かみ》が乱《みだ》れているわ。ちゃんとしていらっしゃい」

「は〜い」

「さ、戻《もど》りましょう、姫様《ひめさま》」

侍女《じじょ》に促《うなが》されて部屋《へや》へ戻《もど》ると、ひとつ上《うえ》の姉《あね》・茶々《ちゃちゃ》がおとなしく座《すわ》っていました。

「初《はつ》、兄上《あにうえ》は見《み》つかったの？」

「いいえ、大事《だいじ》な用事《ようじ》があってお城《しろ》にはいないんですって。なんかつまんなーい。兄上《あにうえ》はいないし、もう何日《なんにち》もお外《そと》に出《で》てないし」

「今《いま》はだめですよ、姫様《ひめさま》。建物《たてもの》の中《なか》から出《で》てはなりません」

乳母《うば》がじっとしているようにと初《はつ》の肩《かた》を軽《かる》く押《お》さえ、髪《かみ》を梳《す》きます。

「どうして？　少《すこ》し前《まえ》までは出《で》られたのに」

「とにかく、今《いま》はなりません」

「えーっ……」

初《はつ》はため息《いき》をついて、向《む》かい側《がわ》に座《すわ》る茶々《ちゃちゃ》を見《み》ました。茶々《ちゃちゃ》は先《さき》ほどからおとなしく髪《かみ》を梳《す》いてもらっています。

「ねえ、姉上《あねうえ》もお外《そと》に出《で》たいでしょう？」

「……──」

「ねえってば」

「…………──」

茶々《ちゃちゃ》がすましたまま黙《だま》っているので、初《はつ》はまた頰《ほお》をふくらませて立《た》ち上《あ》がりました。

「もういい！　外《そと》に出《で》られないのなら、江《ごう》のところに行《い》く！」

「あ、初姫様《はつひめさま》！」

侍女《じじょ》を振《ふ》り切《き》って初《はつ》は廊下《ろうか》を駆《か》けていき、江《ごう》が眠《ねむ》っている部屋《へや》に飛《と》び込《こ》みました。小《ちい》さな布団《ふとん》には、今年《ことし》生《う》まれたばかりの三の姫《ひめ》──初《はつ》よりも三《みっ》つ下《した》の妹《いもうと》の江《ごう》が、すやすやと眠《ねむ》っています。

江《ごう》の乳母《うば》が「しーっ」と唇《くちびる》の前《まえ》に人差《ひとさ》し指《ゆび》を立《た》てたので、初《はつ》はそうっと江《ごう》に寄《よ》り添《そ》い、桜貝《さくらがい》のようにほんわりと薄紅色《うすべにいろ》のさす頰《ほお》を指《ゆび》で、ちょん、とつつきました。

「ふふっ、やわらかーい」

「もう、初《はつ》ったら。江《ごう》はあなたのおもちゃじゃないのよ？」

身支度《みじたく》を済《す》ませてからやってきた茶々《ちゃちゃ》が、そうたしなめつつ初《はつ》の横《よこ》に座《すわ》ります。

初《はつ》は江《ごう》が生《う》まれてからというもの、毎日《まいにち》のように頰《ほお》をさわりに来《き》ていました。四歳《さい》の初《はつ》にとって、まだ歩《ある》くことも話《はな》すこともできない赤《あか》ん坊《ぼう》の妹《いもうと》は、どこか不思議《ふしぎ》な存在《そんざい》なのです。

織田《おだ》との同盟《どうめい》が破綻《はたん》し、戦《いくさ》がはじまってから三年《ねん》。

幼《おさな》い三人《にん》の姫《ひめ》たちは城《しろ》の奥《おく》で守《まも》られ、大事《だいじ》に育《そだ》てられていたのですが――。

天正元年《てんしょうがんねん》（1573年《ねん》）8月《がつ》。

隣国《りんごく》の越前《えちぜん》を統《す》べる朝倉義景《あさくらよしかげ》が織田信長《おだのぶなが》に攻《せ》め滅《ほろ》ぼされたことで、初《はつ》たちのいる小谷城《おだにじょう》にもその危機《きき》が間《ま》もなく訪《おとず》れようとしていたのです。


8月《がつ》27日《にち》。織田軍《おだぐん》がついに小谷城《おだにじょう》へ総攻撃《そうこうげき》をかけてきました。

その日《ひ》の夜《よる》には、木下藤吉郎秀吉《きのしたとうきちろうひでよし》（のちの豊臣秀吉《とよとみひでよし》）が長政《ながまさ》のいる本丸《ほんまる》と久政《ひさまさ》のいる小丸《こまる》の間《あいだ》に位置《いち》する京極丸《きょうごくまる》を落《お》としたため、本丸《ほんまる》と小丸《こまる》が分断《ぶんだん》され、それぞれ孤立《こりつ》させられてしまい……。

久政《ひさまさ》は自害《じがい》に追《お》い込《こ》まれ、その首《くび》は信長《のぶなが》の元《もと》へ送《おく》られました。

これで長政《ながまさ》のいる本丸《ほんまる》が落《お》ちるのも時間《じかん》の問題《もんだい》となり、落城《らくじょう》は逃《のが》れられない運命《うんめい》となって、幼《おさな》い茶々《ちゃちゃ》や初《はつ》にも迫《せま》ってきたのです。

「姉上《あねうえ》、怖《こわ》い……っ」

「初《はつ》、大丈夫《だいじょうぶ》よ。私《わたし》がそばにいるから」

城《しろ》の奥《おく》にも戦《いくさ》の気配《けはい》が伝《つた》わってきて、初《はつ》は茶々《ちゃちゃ》にぎゅっとしがみつきました。

父《ちち》も母《はは》もそばにおらず、いつになったらこの不安《ふあん》から解放《かいほう》されるのかわからず、ふたりで身《み》を寄《よ》せ合《あ》っていますと、ようやく、

「今《いま》から城《しろ》を出《で》ますゆえ、お支度《したく》を」

と着物《きもの》を着替《きが》えさせられ、部屋《へや》の外《そと》へ連《つ》れ出《だ》されました。

「ねえ、お城《しろ》を出《で》て、どこへ行《い》くの？」

初《はつ》が訊《き》いても、聞《き》こえなかったのか乳母《うば》は答《こた》えてくれません。

この前《まえ》まではあんなにも外《そと》に出《で》たかったのに、初《はつ》は不安《ふあん》でたまらなくなりました。ですが、江《ごう》を抱《だ》いたお市《いち》と父《ちち》の長政《ながまさ》に会《あ》ったときは、ほっとしました。

(よかった、父上《ちちうえ》も母上《ははうえ》も一緒《いっしょ》なんだ)

けれど、門《もん》をくぐって外《そと》に出《で》ると、長政《ながまさ》が茶々《ちゃちゃ》と初《はつ》の頭《あたま》を撫《な》でて、こう言《い》ったのです。

「茶々《ちゃちゃ》、初《はつ》、達者《たっしゃ》でな。母上《ははうえ》の言《い》うことをよく聞《き》くのだぞ」

それから、長政《ながまさ》はお市《いち》を見《み》つめ、

「では、ここでお別《わか》れだ。市《いち》、三人《にん》の姫《ひめ》をくれぐれも頼《たの》むぞ」

「はい、おまかせください」

お市《いち》は涙《なみだ》をこぼさないように、毅然《きぜん》と微笑《ほほえ》みました。

それを見《み》ていた初《はつ》は思《おも》わず、こう訊《き》いてしまいました。

「父上《ちちうえ》は一緒《いっしょ》に行《い》かないのですか？」

ただならぬ雰囲気《ふんいき》からして、父《ちち》がどこか遠《とお》いところへ行《い》ってしまうのだということはわかりましたが、訊《き》かずにはおれなかったのです。

「初《はつ》、わがままを言《い》ってはだめよ」

「姉上《あねうえ》……」

初《はつ》をたしなめた茶々《ちゃちゃ》の目《め》も、涙《なみだ》で潤《うる》んでいました。泣《な》き出《だ》すまいと懸命《けんめい》にこらえているのが伝《つた》わってきて、初《はつ》もぎゅっと唇《くちびる》を引《ひ》き結《むす》び……。

覚悟《かくご》を決《き》めた長政《ながまさ》は、愛《あい》する家族《かぞく》に背《せ》を向《む》けて去《さ》っていきました。

これから死《し》に赴《おもむ》くであろう父《ちち》の背中《せなか》を、初《はつ》は悲《かな》しい気持《きも》ちで見送《みおく》るしかなかったのです。

そうして――。

小谷城《おだにじょう》を出《で》た初《はつ》たちは、信長《のぶなが》の家臣《かしん》・秀吉《ひでよし》のところへ送《おく》り届《とど》けられました。

「お市様《いちさま》、ご無事《ぶじ》でなによりです！　姫様方《ひめさまがた》もよかった、よかった。この秀吉《ひでよし》が信長様《のぶながさま》のもとへお連《つ》れしますゆえ、もう安心《あんしん》ですぞ」

猿《さる》のように顔《かお》をくしゃくしゃにした秀吉《ひでよし》に加《くわ》え、武装《ぶそう》した兵《へい》たちに囲《かこ》まれ、怖《こわ》くなった初《はつ》はお市《いち》の後《うし》ろに隠《かく》れ、しがみつきました。

「お初様《はつさま》、大丈夫《だいじょうぶ》ですよ。この猿《さる》は人《ひと》を食《く》ったりしませぬゆえ」

身《み》をかがめた秀吉《ひでよし》が安心《あんしん》させようと笑《わら》いかけてきましたが、初《はつ》はお市《いち》の後《うし》ろから出《で》ようとしませんでした。秀吉《ひでよし》のことを薄気味悪《うすきみわる》く感《かん》じたからです。

この秀吉《ひでよし》がこの先《さき》の人生《じんせい》に大《おお》きく関《かか》わってくることになろうとは、幼《おさな》い初《はつ》には想像《そうぞう》もつきませんでした。

初《はつ》たちはすぐに信長《のぶなが》のいる岐阜《ぎふ》へ向《む》かわず、いったん小谷城《おだにじょう》から南《みなみ》にある実宰庵《じっさいあん》に預《あず》けられることになりました。

ここは父《ちち》・長政《ながまさ》の姉《あね》、昌安見久尼《しょうあんけんきゅうに》が庵《いおり》を結《むす》んでいるところです。初《はつ》たちの伯母《おば》にあたる見久《けんきゅう》尼《に》は久政《ひさまさ》の側室《そくしつ》が産《う》んだ姫《ひめ》で、かつては阿久姫《あくひめ》と呼《よ》ばれていましたが、今《いま》は俗世《ぞくせ》を離《はな》れ、城《しろ》の近《ちか》くで静《しず》かに暮《く》らしていたのでした。

「義姉上《あねうえ》、しばらくお世話《せわ》になります」

お市《いち》が丁寧《ていねい》に頭《あたま》を下《さ》げると、四人《にん》の無事《ぶじ》を喜《よろこ》び、見久尼《けんきゅうに》の目《め》が涙《なみだ》で潤《うる》みました。

「お市殿《いちどの》や姫《ひめ》たちが無事《ぶじ》でなによりじゃ。父上《ちちうえ》や長政《ながまさ》は無念《むねん》であったが……。そういえば、阿《あ》古《こ》の養母上《ははうえ》も捕《と》らえられたと聞《き》く。許《ゆる》されるといいのじゃが……」

「義母上《ははうえ》が……」

阿古《あこ》は夫《おっと》の久政《ひさまさ》が自害《じがい》する前《まえ》に、娘《むすめ》が嫁《とつ》いだ京極家《きょうごくけ》を頼《たよ》って城《しろ》を脱《だつ》したはずですが、その途《と》中《ちゅう》、織田《おだ》の残党狩《ざんとうが》りの兵《へい》に見《み》つかったという話《はなし》でした。

「では、皆《みな》で義母上《ははうえ》のご無事《ぶじ》と、父《ちち》・久政《ひさまさ》と弟《おとうと》の長政《ながまさ》の冥福《めいふく》を祈《いの》って、経《きょう》を上《あ》げようぞ」

見久尼《けんきゅうに》が観音像《かんのんぞう》に向《む》かい、厳《おごそ》かに経《きょう》を唱《とな》えはじめます。彼女《かのじょ》は身《み》の丈《たけ》五尺八寸《しゃくはっすん》（約百《やくひゃく》七十六センチ）、重《おも》さは二十八貫《にじゅうはっかん》（約百《やくひゃく》五キロ）もあるという身体《からだ》の大《おお》きな女性《じょせい》で、経《きょう》を上《あ》げる声《こえ》は深《ふか》く重《おも》く庵《いおり》の隅々《すみずみ》まで響《ひび》いていきます。

(父上《ちちうえ》……)

初《はつ》も最後《さいご》に見《み》た父《ちち》の背中《せなか》を思《おも》い浮《う》かべ、お市《いち》や茶々《ちゃちゃ》にならって手《て》を合《あ》わせました。

初《はつ》たちが実宰庵《じっさいあん》に世話《せわ》になって数日後《すうじつご》、大勢《おおぜい》の兵《へい》が詰《つ》めかけました。

「なに用《よう》じゃ!?」

見久尼《けんきゅうに》はとっさに左右《さゆう》の袖《そで》に、そばにいた茶々《ちゃちゃ》と初《はつ》を隠《かく》しました。身体《からだ》の大《おお》きな彼女《かのじょ》の袈裟《けさ》の袖《そで》は小《ちい》さな子《こ》どもが隠《かく》れるほど、布《ぬの》がたっぷりあったのです。

「ここは世《よ》を捨《す》てた、この尼《あま》の庵《いおり》。攻《せ》められるゆえはありませぬ!」

伯母《おば》の発《はっ》した鋭《するど》い声《こえ》に、袖《そで》の下《した》で初《はつ》は身《み》を縮《ちぢ》めました。

(まさか敵《てき》……? 戦《いくさ》はもう終《お》わったのではないの?)

なにが起《お》こるかわからない怖《こわ》さに、小《ちい》さな心臓《しんぞう》がどきどきします。お市《いち》と江《ごう》は奥《おく》の部屋《へや》にいて、ここにはいません。

声《こえ》を出《だ》さないよう、きゅっと唇《くちびる》を閉《と》じ、初《はつ》が袖《そで》の隙間《すきま》から様子《ようす》を見《み》ていますと、兵《へい》たちがさっと道《みち》を開《あ》け、ひとりの武将《ぶしょう》が進《すす》み出《で》てきました。

「ご無礼《ぶれい》をお許《ゆる》しください。拙者《せっしゃ》は木下藤吉郎秀吉《きのしたとうきちろうひでよし》の弟《おとうと》・秀長《ひでなが》と申《もう》します。お市《いち》の方様《かたさま》と姫様《ひめさま》方《がた》をお迎《むか》えに上《あ》がりました」

「……そうか」

見久尼《けんきゅうに》はほっとして袖《そで》をずらしました。弟《おとうと》を寄越《よこ》したことで、秀吉《ひでよし》の気遣《きづか》いがわかったからです。そこへちょうどお市《いち》が出《で》てきて、信長《のぶなが》の意《い》を記《しる》した秀吉《ひでよし》からの書状《しょじょう》を受《う》け取《と》りました。

「……わかりました。岐阜《ぎふ》へ向《む》かいます。茶々《ちゃちゃ》、初《はつ》、支度《したく》を」

「姫様方《ひめさまがた》、こちらへ」

乳母《うば》たちに連《つ》れられ、茶々《ちゃちゃ》と初《はつ》が奥《おく》の部屋《へや》へ向《む》かうと、気《き》が抜《ぬ》けたのか、見久尼《けんきゅうに》がめまいを起《お》こしました。

「あ………」

「義姉上《あねうえ》、大丈夫《だいじょうぶ》ですか」

お市《いち》があわてて支《ささ》え、背中《せなか》をさすりますと、見久尼《けんきゅうに》が「ありがとう」と言《い》いながら、お市《いち》に顔《かお》を寄《よ》せ、手短《てみじか》に重大《じゅうだい》な話《はなし》をしました。

「…………頼《たの》みましたぞ」

お市《いち》は驚《おどろ》きながらも、こくんとうなずきます。

そうして、しばらく介抱《かいほう》しているふりを続《つづ》けていますと、江《ごう》を抱《だ》いた乳母《うば》とともに支度《したく》を終《お》えた茶々《ちゃちゃ》と初《はつ》が戻《もど》ってきました。

「おお、三人《にん》ともかわいいのう。この尼《あま》が道中《どうちゅう》の無事《ぶじ》を祈《いの》っておるでな。安心《あんしん》して岐阜《ぎふ》へ向《む》かうがよい」

見久尼《けんきゅうに》は身《み》を起《お》こし、大《おお》きな身体《からだ》をゆすって幼《おさな》い姫《ひめ》たちに笑《わら》いかけました。

茶々《ちゃちゃ》も初《はつ》もたちまちさみしくなりましたが、

「伯母上《おばうえ》、ありがとうございました。この御恩《ごおん》は一生忘《いっしょうわす》れません」

「私《わたし》も、一生忘《いっしょうわす》れません！」

ふたりが感謝《かんしゃ》を込《こ》めて言《い》いますと、見久尼《けんきゅうに》が瞳《ひとみ》を潤《うる》ませ、大《おお》きくうなずきました。

「うむうむ。ふたりとも良《よ》い子《こ》じゃ。達者《たっしゃ》でな」

そうして、初《はつ》たちは生《う》まれ故郷《こきょう》の北近江《きたおうみ》をあとにしたのです。

❖昌安見久尼《しょうあんけんきゅうに》について❖

小谷城下《おだにじょうか》から南《みなみ》に二キロの位置《いち》にある実宰院《じっさいいん》（当時《とうじ》は実宰庵《じっさいあん》）。ここには小谷城《おだにじょう》の裏門《うらもん》だったとされる表門《おもてもん》があることや、茶々《ちゃちゃ》が寄進《きしん》したといわれる昌安見久尼《しょうあんけんきゅうに》の木像《もくぞう》が残《のこ》っていること、秀吉《ひでよし》の命《めい》を受《う》けて書《か》かれた四奉行《ぶぎょう》の連署状《れんしょじょう》（慶長《けいちょう》2年《ねん》／１５９７年《ねん》５月１日付《がつついたちづけ》。宛名《あてな》は京極高次《きょうごくたかつぐ》）があることなどから、豊臣家《とよとみけ》にとって特別《とくべつ》な寺《てら》であったことがうかがえるそうです。

見久尼《けんきゅうに》は長政《ながまさ》の異母姉《あね》といわれ、浅井家《あざいけ》の血筋《ちすじ》のせいか身体《からだ》も大《おお》きく、身長《しんちょう》は約百《やくひゃく》七十六センチ、体重《たいじゅう》は約百《やくひゃく》五キロあったといいます。身体《からだ》が大《おお》きければ着《き》る法衣《ほうえ》も当然《とうぜん》、布《ぬの》がたっぷりあるので、三姉妹《しまい》を袖《そで》で覆《おお》って隠《かく》し、残党狩《ざんとうが》りから逃《のが》れたという伝承《でんしょう》もあります。

小谷城《おだにじょう》から落《お》ちる際《さい》、お市《いち》の方《かた》と三姉妹《しまい》は藤掛三河守《ふじかけみかわのかみ》という浅井家《あざいけ》の家臣《かしん》に守《まも》られて、秀吉《ひでよし》のところへ送《おく》り届《とど》けられたといわれているので、見久尼《けんきゅうに》が四人《にん》を匿《かくま》ったという話《はなし》が本当《ほんとう》かどうかはわかりませんが、岐阜《ぎふ》に移《うつ》す前《まえ》に一時期《いちじき》、彼女《かのじょ》のところに預《あず》けられた可能性《かのうせい》はあります。

見久尼《けんきゅうに》の位牌《いはい》から天正《てんしょう》13年《ねん》（１５８５年《ねん》）６月《がつ》29日《にち》に亡《な》くなったことがわかるので、三姉妹《しまい》は伯母《おば》の悲報《ひほう》を大坂城《おおさかじょう》で知《し》ったといわれています。

2 母《はは》・お市《いち》の再婚《さいこん》——天正《てんしょう》10年《ねん》（1582年《ねん》）——

岐阜《ぎふ》へ移《うつ》された初《はつ》たちは、しばらくしてから尾張《おわり》へ移《うつ》され、さらにその後《ご》、信長《のぶなが》の弟《おとうと》でお市《いち》の四歳上《さいうえ》の兄《あに》、伊勢上野城城主《いせうえのじょうじょうしゅ》・織田信包《おだのぶかね》のところへ預《あず》けられました。

そうして、浅井滅亡《あざいめつぼう》から瞬《また》くまに九年《ねん》の月日《つきひ》が経《た》ち——。

天正《てんしょう》10年《ねん》（1582年《ねん》）、夏《なつ》。

お市《いち》と三人《にん》の姫《ひめ》たちの姿《すがた》は、琵琶湖《びわこ》のほとりにありました。

「琵琶《びわ》の湖《うみ》は、なんと大《おお》きいのでしょう！」

「江《ごう》、あれが竹生島《ちくぶしま》よ！　なつかしいわ、ね、姉上《あねうえ》」

「ええ、本当《ほんとう》に。もう二度《ど》と見《み》ることはないと思《おも》っていたのに、うれしいわ」

江《ごう》がうれしそうに笑《わら》い、初《はつ》もはしゃいだ声《こえ》を上《あ》げ、茶々《ちゃちゃ》もお市《いち》もなつかしそうに目《め》を細《ほそ》め、景色《けしき》を眺《なが》めています。

ですが、四人《にん》の心中《しんちゅう》はそれぞれ複雑《ふくざつ》でした。

なぜなら今《いま》、一行《いっこう》はお市《いち》の再婚先《さいこんさき》——越前《えちぜん》への旅《たび》の途中《とちゅう》にあるからです。

（できることなら、このままずっと琵琶《びわ》の湖《うみ》の近《ちか》くにいたいわ。あんな髭鬼《ひげおに》と暮《く》らすなんて……しかも、義父上《ちちうえ》と呼《よ》ばなきゃいけないなんて、本当《ほんとう》は嫌《いや》！）

初《はつ》は一日《にち》でも越前《えちぜん》へ入《はい》る日《ひ》が先《さき》になればいいと思《おも》っていました。

事《こと》の発端《ほったん》は、去《さ》る6月2日《がつふつか》。

伯父《おじ》・信長《のぶなが》が京《きょう》の本能寺《ほんのうじ》にて、家臣《かしん》の明智光秀《あけちみつひで》に討《う》たれたことからはじまりました。

この「本能寺《ほんのうじ》の変《へん》」ののち、信長《のぶなが》を失《うしな》った織田《おだ》の家中《かちゅう》は揺《ゆ》れに揺《ゆ》れ……。

清須城《きよすじょう》で行《おこな》われた重臣《じゅうしん》の話《はな》し合《あ》い（清須会議《きよすかいぎ》）では、信長《のぶなが》の三男《なん》・信孝《のぶたか》を推《お》す柴田勝家《しばたかついえ》と信《のぶ》長《なが》の孫《まご》・三法師《さんぼうし》を推《お》す秀吉《ひでよし》が真《ま》っ向《こう》からぶつかり、結果的《けっかてき》に織田家《おだけ》の家督《かとく》は、まだ三歳《さい》と幼《おさな》い三法師《さんぼうし》が継《つ》ぐことに決《き》まりました。これには信長《のぶなが》の弔《とむら》い合戦《がっせん》である「山崎《やまさき》の戦《たたか》い」にて明智光《あけちみつ》秀《ひで》を見事《みごと》に討《う》った、秀吉《ひでよし》の権勢《けんせい》が増《ま》したという背景《はいけい》もあったのです。

しかし、不満《ふまん》に思《おも》った信孝《のぶたか》はすぐに動《うご》き出《だ》しました。自分《じぶん》の叔母《おば》——信長《のぶなが》の妹《いもうと》のお市《いち》を勝家《かついえ》の正室《せいしつ》に据《す》え、勝家《かついえ》を信長《のぶなが》の義弟《おとうと》とすることで秀吉《ひでよし》に対抗《たいこう》しようと考《かんが》えたのです。

驚《おどろ》くことに、お市《いち》はこの話《はなし》を受《う》け入《い》れました。亡《な》き夫《おっと》・長政《ながまさ》を討《う》った秀吉《ひでよし》を、勝家《かついえ》に討《う》ち果《は》たしてほしいと思《おも》ったからです。

そういうわけで、今《いま》、初《はつ》たちは旅《たび》の途中《とちゅう》にあるのでした。

(あの猿《さる》が憎《にく》いのは私《わたし》も同《おな》じ。でも、私《わたし》の父《ちち》は浅井《あざい》の父上《ちちうえ》だけ！　あの髭鬼《ひげおに》を父《ちち》と思《おも》えだなんて無理《むり》な話《はなし》よ)

柴田勝家《しばたかついえ》は、織田家《おだけ》一の重臣《じゅうしん》で〝鬼柴田《おにしばた》〟と異名《いみょう》を持《も》つ武勇《ぶゆう》に優《すぐ》れた武将《ぶしょう》ですが、もう六十を過《す》ぎています。そこで初《はつ》は髭面《ひげづら》の勝家《かついえ》を心《こころ》の中《なか》で〝髭鬼《ひげおに》〟と呼《よ》んでいました。まだ十三歳《さい》の初《はつ》は、大人《おとな》たちの決《き》めたことに逆《さか》らうことなどできません。悪態《あくたい》でもつかねば、やっていられないのです。

ですが、こうして、久《ひさ》しぶりに北近江《きたおうみ》の地《ち》を踏《ふ》んだのはうれしいことでした。豊《ゆた》かな水《みず》をたたえる広大《こうだい》な琵琶湖《びわこ》、湖面《こめん》にぽっかり浮《う》かぶ竹生島《ちくぶしま》、緑《みどり》生《お》い茂《しげ》る小谷山《おだにやま》……。なつかしい故郷《こきょう》の景色《けしき》に、ささくれだった心《こころ》は癒《い》やされ——。

それから初《はつ》たちが宿泊《しゅくはく》する寺《てら》に入《はい》ると、お市《いち》を慕《した》って浅井家《あざいけ》に恩《おん》ある者《もの》たちが大勢《おおぜい》押《お》しかけ、昔話《むかしばなし》に花《はな》を咲《さ》かせていきました。

しかし、それはなつかしくもあり、つらい記憶《きおく》を呼《よ》び起《お》こすものでもありました。初《はつ》はふと、兄《あに》・万福丸《まんぷくまる》のことを思《おも》い出《だ》したのです。

当時《とうじ》、初《はつ》はよくわかっていませんでしたが、万福丸《まんぷくまる》は母《はは》の違《ちが》う兄《あに》でした。お市《いち》が嫁《とつ》ぐ前《まえ》に、長政《ながまさ》と側室《そくしつ》の間《あいだ》に生《う》まれた子《こ》だったのです。浅井家《あざいけ》の嫡男《ちゃくなん》として扱《あつか》われていた万福丸《まんぷくまる》のことを、お市《いち》は実《じつ》の子《こ》のようにかわいがり、茶々《ちゃちゃ》や初《はつ》たちとも仲良《なかよ》くさせていたのです。

(兄上《あにうえ》……)

幼《おさな》いあの日《ひ》、どんなに探《さが》しても姿《すがた》が見《み》えなかったのは、長政《ながまさ》が城《しろ》から万福丸《まんぷくまる》を逃《に》がしたためでした。しかし、その後《ご》、万福丸《まんぷくまる》は追《お》っ手《て》に見《み》つかり、関ヶ原《せきがはら》の刑場《けいじょう》で磔《はりつけ》にされ、処刑《しょけい》されてしまったのです。関ヶ原《せきがはら》では祖母《そぼ》の阿古《あこ》も磔《はりつけ》になっています。

(おばば様《さま》、兄上《あにうえ》……おかわいそうに)

けれど、祖母《そぼ》と兄《あに》の顔《かお》を初《はつ》はうまく思《おも》い出《だ》せません。

そのことが悲《かな》しくて、夜《よる》、布団《ふとん》に入《はい》っても、なかなか寝《ね》つけずにいますと、隣《となり》の部屋《へや》から話《はな》し声《ごえ》が聞《き》こえてきました。

「……丸様《まるさま》は、お元気《げんき》なご様子《ようす》でした」

「そうでしたか。息災《そくさい》でなによりです」

どうやら、茶々《ちゃちゃ》の乳母《うば》・大蔵卿局《おおくらきょうのつぼね》とお市《いち》がふたりで話《はなし》をしているようです。

気《き》になった初《はつ》は、両隣《りょうどなり》に寝《ね》ている茶々《ちゃちゃ》と江《ごう》を起《お》こさないように、そっと布団《ふとん》を抜《ぬ》け出《だ》して、ふすまの隙間《すきま》からのぞき込《こ》みました。

すると、お市《いち》が涙《なみだ》を袖《そで》で拭《ぬぐ》っているのが見《み》えました。

「……万《まん》……が生《い》きていたなんて……。きっと、長政様《ながまささま》がお守《まも》りくださったのね」

(まさか、兄上《あにうえ》はご無事《ぶじ》だったの!?)

もっとよく聞《き》こうと、初《はつ》が思《おも》わず身《み》を乗《の》り出《だ》したとたん、がた、とふすまが鳴《な》りました。

(いけないっ)

と思《おも》った瞬間《しゅんかん》、大蔵卿局《おおくらきょうのつぼね》がふすまをさっと開《あ》けました。

「まあ、初姫様《はつひめさま》。起《お》きていらしたのですか」

「初《はつ》、今《いま》の話《はなし》を聞《き》いていたの?」

初《はつ》は隣《となり》の部屋《へや》に入《はい》り、お市《いち》に向《む》かって頭《あたま》を下《さ》げました。

「盗《ぬす》み聞《ぎ》きなど行儀《ぎょうぎ》の悪《わる》いことをしてしまい、申《もう》し訳《わけ》ございません。あの……母上《ははうえ》、もしかして、兄上《あにうえ》は生《い》きていらっしゃるのですか?」

初《はつ》がそう訊《き》くと、お市《いち》と大蔵卿局《おおくらきょうのつぼね》が目《め》を丸《まる》くして顔《かお》を見合《みあ》わせます。

それからお市《いち》が微笑《ほほえ》み、初《はつ》を見《み》て、うなずきました。

「初《はつ》、あなたには先《さき》に話《はな》しておきましょうね」

そうして、初《はつ》は驚《おどろ》くべき事実《じじつ》を聞《き》いたのです。

翌朝《よくあさ》——。

出発《しゅっぱつ》したお市《いち》の一行《いっこう》はなぜか南《みなみ》に進路《しんろ》を取《と》り、浅井家《あざいけ》ゆかりの福田寺《ふくでんじ》に向《む》かいました。前日《ぜんじつ》は都合《つごう》が悪《わる》かったため、越前《えちぜん》へ向《む》かう前《まえ》に住職《じゅうしょく》にあいさつするために立《た》ち寄《よ》ったのです。

……というのは、実《じつ》は表向《おもてむ》きの理由《りゆう》で本当《ほんとう》の目的《もくてき》は別《べつ》にありました。

「どうぞ、こちらへ」

初《はつ》たちが奥《おく》の部屋《へや》に通《とお》されますと、そこにはひとりの小坊主《こぼうず》がひれ伏《ふ》して待《ま》っていました。

「お初《はつ》にお目《め》にかかります。万寿丸《まんじゅまる》にございます」

「私《わたし》は長政様《ながまささま》の妻《つま》、お市《いち》です。どうぞ面《おもて》を上《あ》げてください」

恐縮《きょうしゅく》しながらも顔《かお》を上《あ》げた万寿丸《まんじゅまる》を見《み》た瞬間《しゅんかん》、お市《いち》と茶々《ちゃちゃ》と初《はつ》は目《め》をみはりました。万寿丸《まんじゅまる》が亡《な》き長政《ながまさ》の面影《おもかげ》を宿《やど》していたからです。

お市《いち》はたちまち涙《なみだ》ぐみました。

「よく生《い》きていてくださいました。こうして見《み》ていると、長政様《ながまささま》だけでなく万福丸《まんぷくまる》のことも思《おも》い出《だ》します」

長政《ながまさ》と側室《そくしつ》の間《あいだ》に生《う》まれた万寿丸《まんじゅまる》はこの年《とし》、江《ごう》と同《おな》じ十歳《じゅっさい》。

側室《そくしつ》をお産《さん》のために宿下《やどさ》がりさせたのち、男児《だんじ》が生《う》まれたと知《し》った長政《ながまさ》が身《み》の安全《あんぜん》を考《かんが》え、福田寺《ふくでんじ》の末寺《まつじ》・安相寺《あんそうじ》に匿《かくま》ったのでした。そして数年後《すうねんご》、浅井《あざい》の残党《ざんとう》狩《が》りのほとぼりが冷《さ》めた頃《ころ》を見計《みはか》らって、福田寺《ふくでんじ》の住職《じゅうしょく》が万寿丸《まんじゅまる》を引《ひ》き取《と》ったのです。

お市《いち》は身《み》ごもった側室《そくしつ》のことは知《し》っていましたが、当時《とうじ》は戦《いくさ》で大変《たいへん》だったため、その行方《ゆくえ》まではわかっていませんでした。実宰庵《じっさいあん》にいたとき、義姉《あね》の見久尼《けんきゅうに》から万寿丸《まんじゅまる》が無事《ぶじ》に生《う》まれ、人知《ひとし》れず匿《かくま》われていることを聞《き》いたのです。

あのとき、見久尼《けんきゅうに》がめまいを起《お》こしたふりをしてお市《いち》に告《つ》げたのは、この万寿丸《まんじゅまる》のことで、お市《いち》は北近江《きたおうみ》を通《とお》るこの機会《きかい》を逃《のが》さず、昨日《さくじつ》、大蔵卿局《おおくらきょうのつぼね》にひそかに様子《ようす》を見《み》に行《い》かせたのでした。

（私《わたし》に弟《おとうと》がいたなんて！）

初《はつ》は昨夜《さくや》のうちにお市《いち》から打《う》ち明《あ》けられていましたが、万寿丸《まんじゅまる》を見《み》て、うれしさがさらに増《ま》していました。血《ち》のつながりとは不思議《ふしぎ》なもので、会《あ》って間《ま》もないというのに愛《いと》おしいと思《おも》う気持《きも》ちが心《こころ》の底《そこ》から湧《わ》いてきます。

すると、江《ごう》が初《はつ》にこそっと訊《き》いてきました。

「姉様《あねさま》……誰《だれ》ですか？」

「私《わたし》たちの弟《おとうと》よ」

「えっ、弟《おとうと》⁉」

江《ごう》が思《おも》わず大《おお》きな声《こえ》を上《あ》げると、万寿丸《まんじゅまる》は恥《は》ずかしさに耳《みみ》まで真《ま》っ赤《か》になりました。

初《はつ》は姉《あね》や妹《いもうと》より先《さき》に話《はなし》を聞《き》いたことをちょっと得意《とくい》に思《おも》っていましたので、積極的《せっきょくてき》に万寿丸《まんじゅまる》に話《はな》しかけました。

「私《わたし》は初《はつ》。こちらは姉《あね》の茶々《ちゃちゃ》と妹《いもうと》の江《ごう》よ。江《ごう》とあなたは、どちらが先《さき》なのかはわからないけれど――」

「では、わたしを姉《あね》にしてください。ずーっといちばん下《した》だったので、弟《おとうと》ができたらうれしいです！」

「まあ、江《ごう》。それじゃあ、まるで私《わたし》たちが、あなたにきつく当《あ》たってるみたいじゃないの。ねえ、姉上《あねうえ》」

「そう言《い》われると、そうよねえ」

「ええっ、そういうわけではありませんよ〜〜」

三姉妹《しまい》のやりとりに心《こころ》がほぐれたのか、先《さき》ほどまで緊張《きんちょう》で強張《こわば》っていた万寿丸《まんじゅまる》の顔《かお》がやわらかくなりました。

「茶々《ちゃちゃ》、初《はつ》、江《ごう》。織田《おだ》の兄上《あにうえ》がいなくなったとはいえ、まだ油断《ゆだん》はできません。万寿丸《まんじゅまる》がこうして生《い》きていたことは、誰《だれ》にも言《い》ってはいけませんよ」

お市《いち》の言葉《ことば》に、初《はつ》たちは「はい」とうなずき、固《かた》く約束《やくそく》しました。

そうして、うれしい対面《たいめん》を終《お》えた一行《いっこう》は、ふたたび越前《えちぜん》へ向《む》けて旅立《たびだ》ったのです。

❖万寿丸《まんじゅまる》について❖

初《はつ》が晩年《ばんねん》まで面倒《めんどう》を見《み》たといわれる異母弟《おとうと》「浅井作庵《あざいさくあん》」。

彼《かれ》の幼名《ようみょう》は万寿丸《まんじゅまる》または万菊丸《まんぎくまる》といわれ、長《ちょう》じて喜八郎《きはちろう》と名乗《なの》り、出家《しゅっけ》したのちに作庵《さくあん》と呼《よ》ばれるようになったといわれています。

万寿丸《まんじゅまる》は小谷城落城前《おだにじょうらくじょうまえ》に家臣《かしん》が逃《に》がし、やがて正芸《しょうげい》という名《な》で福田寺《ふくでんじ》の住職《じゅうしょく》になったという話《はなし》もありますが、万寿丸《まんじゅまる》を預《あず》かった福田寺《ふくでんじ》は織田《おだ》の目《め》を欺《あざむ》くためにいったん、末寺《まつじ》の安相寺《あんそうじ》に匿《かくま》うことにしたらしく、この縁《えん》で毎年《まいとし》7月《がつ》には福田寺《ふくでんじ》から鯖《さば》五尾《び》と麻《あさ》、安相寺《あんそうじ》からは梅干《うめぼ》しを贈《おく》る習慣《しゅうかん》があったそうです。

万寿丸《まんじゅまる》の母《はは》が誰《だれ》なのかはわかっていませんが、三女《じょ》の江《ごう》と同《おな》い年《どし》だったことを考《かんが》えると、同《おな》じような時期《じき》に側室《そくしつ》が身《み》ごもったのは、お市《いち》としては複雑《ふくざつ》な心境《しんきょう》だったかも。

けれど、万寿丸《まんじゅまる》は長政《ながまさ》が残《のこ》した大事《だいじ》な男児《だんじ》ですから、彼《かれ》が生《い》きていたことは、やはりうれしかったと思《おも》います。

恩《おん》愛《あい》の章《しょう》

1 京極高次《きょうごくたかつぐ》との出会《であ》い
——天正《てんしょう》10年《ねん》（1582年《ねん》）——

「ここの景色《けしき》はいつ見《み》ても綺麗《きれい》よねえ」

「ええ、これで寒《さむ》くなければ問題《もんだい》ないのですが〜〜」

雨上《あめあ》がりの午後《ごご》、初《はつ》の隣《となり》で江《ごう》がぶるっと肩《かた》を震《ふる》わせました。天守閣《てんしゅかく》の最上階《さいじょうかい》は城《しろ》の中《なか》でいちばん高《たか》いので、吹《ふ》きつける風《かぜ》も強《つよ》いのです。

ここは越前国《えちぜんのくに》・北ノ庄城《きたのしょうじょう》——。

九層《そう》の天守閣《てんしゅかく》を持《も》つ城《しろ》はとても大《おお》きく、立派《りっぱ》なものでした。その規模《きぼ》は信長《のぶなが》が築《きず》いた安土城《あづちじょう》の二倍《ばい》はあるといわれ、屋根《やね》は瓦《かわら》ではなく、城《しろ》の近《ちか》くの足羽山《あすわやま》で採《と》れる笏谷石《しゃくだにいし》という珍《めずら》しい石《いし》を用《もち》いて葺《ふ》いています。この石《いし》は青緑色《あおみどりいろ》で、水《みず》に濡《ぬ》れると深《ふか》い青色《あおいろ》に変化《へんか》するので、雨《あめ》が降《ふ》ったあとの城《しろ》や城下町《じょうかまち》の景色《けしき》は、それはそれは綺麗《きれい》なのです。

「ルイス・フロイスという宣教師《せんきょうし》が、この景色《けしき》を美《うつく》しいとほめていたのよね。遠《とお》い異国《いこく》の地《ち》でも北ノ庄城《きたのしょうじょう》は有名《ゆうめい》なのよ、きっと」

勝家《かついえ》のことはいまだに父《ちち》と思《おも》えませんが、初《はつ》は勝家《かついえ》から聞《き》いたこの話《はなし》が大好《だいす》きで、雨上《あめあ》がりの景色《けしき》を眺《なが》めるときは決《き》まって口《くち》にしました。

最初《さいしょ》の頃《ころ》は景色《けしき》が珍《めずら》しく、よく三人《にん》で愛《め》でていたのですが、寒《さむ》くなってきてからは、

「この前《まえ》も見《み》たじゃないの」

「姉様《あねさま》、寒《さむ》いから嫌《いや》です〜」

と茶々《ちゃちゃ》と江《ごう》に断《ことわ》られていました。ですが、今日《きょう》は姉《あね》の権限《けんげん》を行使《こうし》して、妹《いもうと》の江《ごう》を引《ひ》っ張《ぱ》り出《だ》したのです。

「ところで、姉様《あねさま》。勝家様《かついえさま》のことを、いつ、義父上《ちちうえ》とお呼《よ》びするのですか？」

「んー……」

初《はつ》はたちまち眉根《まゆね》を寄《よ》せ、難《むずか》しい顔《かお》になりました。

勝家《かついえ》は正室《せいしつ》となったお市《いち》をはじめ、初《はつ》たちのことも大事《だいじ》にしてくれています。江《ごう》はもう打《う》ち解《と》けて、勝家《かついえ》になついているようです。

初《はつ》も勝家《かついえ》のことは嫌《きら》いではありませんが、なかなか呼《よ》べないのです。

それは茶々《ちゃちゃ》も同《おな》じだと思《おも》っていたのですが、茶々《ちゃちゃ》は最近《さいきん》、お市《いち》に対《たい》して悪《わる》いと思《おも》いはじめた

のか、長女《ちょうじょ》として見本《みほん》を示《しめ》さなければいけないと考《かんが》えたのか、

「義父上《ちちうえ》は〝鬼柴田《おにしばた》〟と呼《よ》ばれていたので怖《こわ》い方《かた》かと思《おも》っていましたら、とてもやさしい方《かた》だったのですね」

などと口《くち》にするようになりました。「義父上《ちちうえ》」と口《くち》に出《だ》すことで、心《こころ》を慣《な》らしていこうと思《おも》っているのかもしれませんが、初《はつ》はそこまで大人《おとな》になれません。心《こころ》の中《なか》で〝髭鬼《ひげおに》〟と呼《よ》ぶのだけはやめましたが――。

「あのお年《とし》ですもの。私《わたし》たちのことは孫《まご》のように思《おも》っているんじゃないかしら。いっそのこと、おじじ様《さま》とお呼《よ》びしない？」

「姉様《あねさま》～～。そんなことを言《い》うと、また姉上《あねうえ》に怒《おこ》られますよ？」

「もうっ、だったら、姉上《あねうえ》と江《ごう》だけ義父上《ちちうえ》と呼《よ》べばいいじゃないの」

「でも～～」

と、そこへ――。

「ん？　なんだかにぎやかじゃのう」

と、勝家《かついえ》が上《あ》がってきました。

「あ、義父上《ちちうえ》！」

江《ごう》はとっさにそう呼《よ》びましたが、初《はつ》は呼《よ》べず、軽《かる》く頭《あたま》を下《さ》げました。

「ふたりともここにいたのか。ちょうどよかった、会《あ》わせようと思《おも》っていた男《おとこ》がおったのじゃ。遠慮《えんりょ》なく、前《まえ》へ」

勝家《かついえ》の後《うし》ろから上《あ》がってきた若《わか》い武将《ぶしょう》が、前《まえ》へ進《すす》み出《で》て、初《はつ》と江《ごう》に礼《れい》を取《と》りました。

それは凜々《りり》しい顔立《かおだ》ちに涼《すず》しい瞳《ひとみ》を持《も》つ若者《わかもの》でした。天守《てんしゅ》の窓《まど》からは冷《つめ》たい風《かぜ》が吹《ふ》いてきますが、まるで彼《かれ》の周《まわ》りだけ、さわやかな風《かぜ》が流《なが》れているようです。

（素敵《すてき》な方《かた》……どなたかしら？）

思《おも》わず見《み》とれておりますと、

「初《はつ》と江《ごう》の従兄《いとこ》、京極高次殿《きょうごくたかつぐどの》じゃ。仲良《なかよ》うするといい」

と勝家《かついえ》がふたりに紹介《しょうかい》しました。

高次《たかつぐ》の母《はは》は長政《ながまさ》の姉《あね》。ですので、彼《かれ》は初《はつ》たちの父方《ちちかた》の従兄《いとこ》です。

浅井家《あざいけ》は初《はつ》たちの曾祖父《そうそふ》・亮政《すけまさ》の代《だい》から北近江《きたおうみ》を治《おさ》めるようになったのですが、もともとは京極家《きょうごくけ》に仕《つか》える身《み》でした。主君筋《しゅくんすじ》を立《た》てるため、初《はつ》たちの祖父《そふ》・久政《ひさまさ》が娘《むすめ》を京極家《きょうごくけ》に嫁《とつ》がせ、夫婦《ふうふ》ともども小谷城《おだにじょう》に設《もう》けた京極丸《きょうごくまる》に住《す》まわせていたのです。

高次《たかつぐ》はその京極丸《きょうごくまる》で生《う》まれたのですが、数《かぞ》えで八歳《はっさい》のときに織田信長《おだのぶなが》に仕《つか》えることになり、茶々《ちゃちゃ》や初《はつ》が物心《ものごころ》つく前《まえ》に北近江《きたおうみ》を離《はな》れたのでした。

「ご無沙汰《ぶさた》しております。義叔母上《おばうえ》」

天守閣《てんしゅかく》から降《お》りたあと、お市《いち》と茶々《ちゃちゃ》も交《まじ》えて初《はつ》たちは改《あらた》めて高次《たかつぐ》と対面《たいめん》しました。

高次《たかつぐ》は今《いま》、二十歳《はたち》。立派《りっぱ》に成長《せいちょう》した彼《かれ》を見《み》て、小谷城《おだにじょう》での日々《ひび》を思《おも》い出《だ》したのか、お市《いち》が涙《なみだ》ぐみます。

「高次殿《たかつぐどの》がご無事《ぶじ》でよかったわ。兄《あに》・信長《のぶなが》が亡《な》くなったときは、どうなることかと思《おも》いましたけれど、私《わたし》たちも勝家様《かついえさま》のもとでこうして落《お》ち着《つ》くことができております」

「義叔母上《おばうえ》のおかげで、私《わたし》も柴田殿《しばたどの》の厄介《やっかい》になることができました。ありがとうございます」

「あなたが来《き》てくれて、とても心強《こころづよ》いわ。どうぞ、我《わ》が夫《おっと》の力《ちから》になってくださいね」

高次《たかつぐ》が越前《えちぜん》まで流《なが》れてきたのには、理由《りゆう》がありました。

「本能寺《ほんのうじ》の変《へん》」で信長《のぶなが》を討《う》った明智光秀《あけちみつひで》はその直後《ちょくご》、各地《かくち》の武将《ぶしょう》に味方《みかた》になるよう書状《しょじょう》を出《だ》したのですが、それに応《こた》えたひとりが高次《たかつぐ》の姉《あね》・竜子《たつこ》の夫《おっと》で、若狭《わかさ》の武将《ぶしょう》・武田元明《たけだもとあき》でした。高《たか》次《つぐ》は義兄《あに》・元明《もとあき》に味方《みかた》して戦《たたか》ったのですが、明智《あけち》も元明《もとあき》も敗《やぶ》れたために追《お》われる身《み》となり、近江《おうみ》や美濃《みの》を転々《てんてん》とした挙《あ》げ句《く》、義叔母《おば》のお市《いち》を頼《たよ》って越前《えちぜん》まで流《なが》れてきたのです。

高次《たかつぐ》の話《はなし》を聞《き》いているうちに、

(高次様《たかつぐさま》はきっと、竜子様《たつこさま》のために明智《あけち》に味方《みかた》したのね。夫《おっと》と弟《おとうと》が敵味方《てきみかた》に分《わ》かれてしまったら、竜子様《たつこさま》が悲《かな》しむもの)

と初《はつ》は思《おも》いました。

自分《じぶん》たちと同《おな》じように「本能寺《ほんのうじ》の変《へん》」によって運命《うんめい》を翻弄《ほんろう》された高次《たかつぐ》をいたわしく思《おも》い、見《み》つめていますと、彼《かれ》が膝《ひざ》の上《うえ》で拳《こぶし》を一度《ど》、ぎり、と強《つよ》く握《にぎ》りました。

「秀吉《ひでよし》は義兄《あに》・元明《もとあき》の仇《かたき》。しかも、秀吉《ひでよし》は我《わ》が姉《あね》・竜子《たつこ》を手籠《てご》めにしたという噂《うわさ》……許《ゆる》せませぬ！」

「まあ、竜子様《たつこさま》が秀吉《ひでよし》に？」

お市《いち》が眉《まゆ》をひそめ、

(竜子様《たつこさま》にお会《あ》いしたことはないけれど……おかわいそうに)

（あの猿《さる》、どこまで人《ひと》でなしなの⁉）

（話《はなし》にはよく聞《き》くけれど、秀吉《ひでよし》って本当《ほんとう》にひどい男《おとこ》ね）

茶々《ちゃちゃ》、初《はつ》、江《ごう》の三姉妹《しまい》が三者三様《さんしゃさんよう》に思《おも》っていますと、高次《たかつぐ》が顔《かお》を上《あ》げました。

「秀吉《ひでよし》を討《う》ちます……！　そのために私《わたし》はここまで来《き》たのです」

先《さき》ほど天守閣《てんしゅかく》で会《あ》ったときのさわやかな印象《いんしょう》は消《き》え失《う》せ、涼《すず》し気《げ》な瞳《ひとみ》には激《はげ》しい怒《いか》りが宿《やど》っています。

こうして秀吉《ひでよし》と勝家《かついえ》の戦《いくさ》が近《ちか》いことを、初《はつ》たちは肌《はだ》で感《かん》じ……。

翌年《よくとし》の春《はる》、またも運命《うんめい》の荒波《あらなみ》に翻弄《ほんろう》されることになるのです。

❖蛍大名《ほたるだいみょう》・京極高次《きょうごくたかつぐ》❖

「本能寺の変《ほんのうじのへん》」の際《さい》、北近江《きたおうみ》の覇権《はけん》を京極家《きょうごくけ》の手《て》に奪還《だっかん》しようと考《かんが》えた高次《たかつぐ》は、義兄《あに》・武田元明《たけだもとあき》とともに明智方《あけちがた》につき、秀吉《ひでよし》の居城《きょじょう》・長浜城《ながはまじょう》を攻《せ》めました。

が、明智《あけち》が敗《やぶ》れ、元明《もとあき》も切腹《せっぷく》。高次《たかつぐ》は逃亡《とうぼう》し、京極家《きょうごくけ》の菩提寺《ぼだいじ》である清瀧寺《せいりゅうじ》に潜伏《せんぷく》。そこが危《あぶ》なくなると美濃《みの》の今須《います》に逃《のが》れ、やがて秀吉《ひでよし》の対抗勢力《たいこうせいりょく》となった越前《えちぜん》の柴田勝家《しばたかついえ》のところへ流《なが》れていきました。勝家《かついえ》を頼《たよ》ったのは、義理《ぎり》の叔母《おば》・お市《いち》の方《かた》の再婚先《さいこんさき》であることも理由《りゆう》のひとつだったと考《かんが》えられています。

秀吉《ひでよし》のもとで出世《しゅっせ》できたのは、姉《あね》の竜子《たつこ》と妻《つま》の初《はつ》のおかげということで、当時《とうじ》から「蛍大名《ほたるだいみょう》」と揶揄《やゆ》されていたようですが、本当《ほんとう》に実力《じつりょく》がなければ出世《しゅっせ》も難《むずか》しいと思《おも》われるので、武将《ぶしょう》としてある程度《ていど》、力量《りきりょう》があったのではないでしょうか。彼《かれ》の場合《ばあい》、もともとの血筋《ちすじ》の良《よ》さもありますが……「運《うん》の良《よ》さも実力《じつりょく》のうち」ということなのでしょうね。

2 北《きた》ノ《の》庄城《しょうじょう》落城《らくじょう》——天正《てんしょう》11年《ねん》（1583年《ねん》）——

越前《えちぜん》は雪国《ゆきぐに》。

兵《へい》を動《うご》かせない冬《ふゆ》の間《あいだ》は戦《いくさ》をしないと秀吉《ひでよし》と勝家《かついえ》の間《あいだ》で約束《やくそく》が交《か》わされていましたが、秀吉《ひでよし》はそんなことはかまわず、勝家《かついえ》が与《くみ》する信孝《のぶたか》派《は》の武将《ぶしょう》や城《しろ》を攻《せ》め、次々《つぎつぎ》と攻略《こうりゃく》していきました。

雪《ゆき》のすっかり解《と》けた春《はる》になってから、勝家《かついえ》は秀吉《ひでよし》と琵琶湖《びわこ》の北《きた》——賤《しず》ヶ《が》岳《たけ》にて激突《げきとつ》。

ですが、この「賤《しず》ヶ《が》岳《たけ》の戦《たたか》い」で勝家《かついえ》の負《ま》けは決定的《けっていてき》なものとなり……。

その二日後《ふつかご》、北《きた》ノ《の》庄城《しょうじょう》は秀吉軍《ひでよしぐん》に囲《かこ》まれてしまったのです。

「もはや、これまでか。市《いち》、おまえは姫《ひめ》たちを連《つ》れて城《しろ》を出《で》よ」

勝家《かついえ》はお市《いち》と三人《にん》の姫《ひめ》たちを逃《に》がそうとしましたが、お市《いち》は首《くび》を振《ふ》りました。

「いいえ、私《わたし》は勝家様《かついえさま》の妻《つま》です！　ともに残《のこ》ります。私《わたし》は小谷《おだに》の落城《らくじょう》で生《い》き延《の》びてしまいました……。これ以上《いじょう》、生《い》き恥《はじ》をさらしたくありません」

お市《いち》の瞳《ひとみ》には強《つよ》い決意《けつい》が宿《やど》っていました。

「しかし、それでは姫《ひめ》たちは――」

困《こま》った顔《かお》で勝家《かついえ》が三姉妹《しまい》に目《め》を移《うつ》しますと、茶々《ちゃちゃ》が「ならば、私《わたし》たちも！」と叫《さけ》びました。

「私《わたし》は義父上《ちちうえ》と母上《ははうえ》とともに、立派《りっぱ》に果《は》てたいと思《おも》います」

姉《あね》の言葉《ことば》に、初《はつ》も江《ごう》も大《おお》きくうなずきました。

（ええ、母上《ははうえ》と離《はな》れるなんて、絶対《ぜったい》に嫌《いや》よ！）

初《はつ》がそう言《い》おうと思《おも》ったとき、お市《いち》が首《くび》を振《ふ》りました。

「浅井《あざい》の血《ち》を絶《た》やしてはなりません。長政様《ながまささま》はあなたたちに生《い》きてほしいと願《ねが》い、私《わたし》たちを織田《おだ》に戻《もど》したのです。それを忘《わす》れてはいけませんよ」

（父上《ちちうえ》が……そのようなことを）

初《はつ》の心臓《しんぞう》がどくりと波打《なみう》ちました。この身体《からだ》に流《なが》れているのは浅井《あざい》の血《ち》です。そして、それを受《う》け継《つ》いでいけるのは、他《ほか》でもない娘《むすめ》の自分《じぶん》たちなのです。

「母上《ははうえ》――っ」

江《ごう》がたまらず母《はは》に抱《だ》きつき、初《はつ》も茶々《ちゃちゃ》もあとに続《つづ》きました。

そうして涙《なみだ》ながらに母娘《おやこ》の別《わか》れをしたのち、秀吉《ひでよし》から迎《むか》えの者《もの》が来《き》ました。石田三成《いしだみつなり》と名《な》乗《の》った秀吉《ひでよし》の側近《そっきん》は北近江《きたおうみ》の出身《しゅっしん》でした。父親《ちちおや》が浅井《あざい》に仕《つか》えていたということで、秀吉《ひでよし》は三姉《し》妹《まい》のために浅井《あざい》にゆかりの者《もの》を選《えら》んで寄越《よこ》したのです。

三成《みつなり》に初《はつ》たちを引《ひ》き渡《わた》す際《さい》、勝家《かついえ》はこう言《い》いました。

「姫様方《ひめさまがた》はわしとはなんの血《ち》のつながりもない。織田《おだ》ゆかりの姫《ひめ》として丁重《ていちょう》に扱《あつか》ってもらいたい。もし、敗将《はいしょう》の娘《むすめ》としてぞんざいに扱《あつか》うなら、あの世《よ》からでもこの鬼柴田《おにしばた》が弓《ゆみ》を引《ひ》くと秀吉《ひでよし》殿《どの》に伝《つた》えよ！」

この言葉《ことば》を聞《き》いた瞬間《しゅんかん》、勝家《かついえ》の愛情《あいじょう》を感《かん》じ、初《はつ》は思《おも》わず勝家《かついえ》に駆《か》け寄《よ》りました。

「義父上《ちちうえ》……！」

「おお……初殿《はつどの》、やっとそう呼《よ》んでくれましたな」

勝家《かついえ》が髭面《ひげづら》を崩《くず》し、うれしそうに笑《わら》います。

今《いま》まで呼《よ》べなかった罪悪感《ざいあくかん》に苛《さいな》まれながらも、初《はつ》は懸命《けんめい》に笑《え》みを浮《う》かべました。

「私《わたし》、越前《えちぜん》が好《す》きでした。義父上《ちちうえ》とここで過《す》ごした日々《ひび》を、私《わたし》は一生忘《いっしょうわす》れませぬ」

「うむ、これで心置《こころお》きなくあの世《よ》へ行《い》けますぞ。息災《そくさい》でな」

「はい……！」

それから、初《はつ》たち三姉妹《しまい》はひとつの輿《こし》に乗《の》せられて城《しろ》をあとにし――。

翌日《よくじつ》の夕刻《ゆうこく》、北ノ庄城《きたのしょうじょう》が落城《らくじょう》しました。

夕空《ゆうぞら》の下《した》、九層《そう》の天守閣《てんしゅかく》が激《はげ》しく炎《ほのお》を噴《ふ》き上《あ》げています。勝家《かついえ》が自害《じがい》する際《さい》、家臣《かしん》に命《めい》じて爆薬《ばくやく》をつけさせたのです。

「お城《しろ》が……」

「焼《や》け落《お》ちていく……」

「母上《ははうえ》――っ、義父上《ちちうえ》――っ！」

江《ごう》が城《しろ》に向《む》かって叫《さけ》び、

「ああ……」

茶々《ちゃちゃ》は城《しろ》に向《む》かって手《て》を合《あ》わせ、ぐっと涙《なみだ》をこらえています。

「母上《ははうえ》、義父上《ちちうえ》……！」

初《はつ》は声《こえ》を上《あ》げて泣《な》きました。燃《も》え盛《さか》る天守《てんしゅ》の中《なか》で、お市《いち》と勝家《かついえ》が果《は》てたかと思《おも》うと、あまりの悲《かな》しみに胸《むね》が潰《つぶ》れそうです。

こうして、初《はつ》たちはまた大切《たいせつ》な家族《かぞく》を失《うしな》ったのでした。

❖北ノ庄城《きたのしょうじょう》にはもうひとり姫《ひめ》がいた？❖

母《はは》・お市《いち》の再婚《さいこん》で越前《えちぜん》へ移《うつ》った初《はつ》たち三姉妹《しまい》。北ノ庄城《きたのしょうじょう》には、ほかにも「摩阿《まあ》」という名《な》の姫《ひめ》がいました。

摩阿《まあ》の父《ちち》は当時《とうじ》、柴田勝家《しばたかついえ》の与力《よりき》だった前田利家《まえだとしいえ》。摩阿《まあ》は元亀《げんき》3年《ねん》（1572年《ねん》）、利家《としいえ》と正室《せいしつ》・まつとの間《あいだ》に生《う》まれた三女《じょ》で、十一歳《じゅういっさい》のときに人質《ひとじち》として北ノ庄城《きたのしょうじょう》に送《おく》られました。

彼女《かのじょ》はここで勝家《かついえ》の家臣《かしん》・佐久間十蔵《さくまじゅうぞう》という十四歳《さい》の少年《しょうねん》と婚約《こんやく》しましたが、翌年《よくとし》、十蔵《じゅうぞう》は勝家《かついえ》とともに自刃《じじん》。このとき、摩阿《まあ》は北ノ庄城《きたのしょうじょう》の落城前《らくじょうまえ》に勝家《かついえ》から利家《としいえ》のもとに帰《かえ》されたか、侍女《じじょ》の機転《きてん》で脱出《だっしゅつ》し、前田家《まえだけ》へ戻《もど》ったともいわれています。

その後《ご》、摩阿《まあ》は十五歳《さい》で秀吉《ひでよし》の側室《そくしつ》となり、のちに「加賀殿《かがどの》」と呼《よ》ばれるようになりました。

浅井三姉妹《あざいしまい》とはこのように縁《えん》の深《ふか》い女性《じょせい》ですが、ページの関係《かんけい》で登場《とうじょう》させられず……（泣《なき》）。

そのうち機会《きかい》があれば、彼女《かのじょ》の物語《ものがたり》も書《か》きたく思《おも》っています。

戦国姫《せんごくひめ》

―初《はつ》の物語《ものがたり》―

飛《ひ》翔《しょう》の章《しょう》

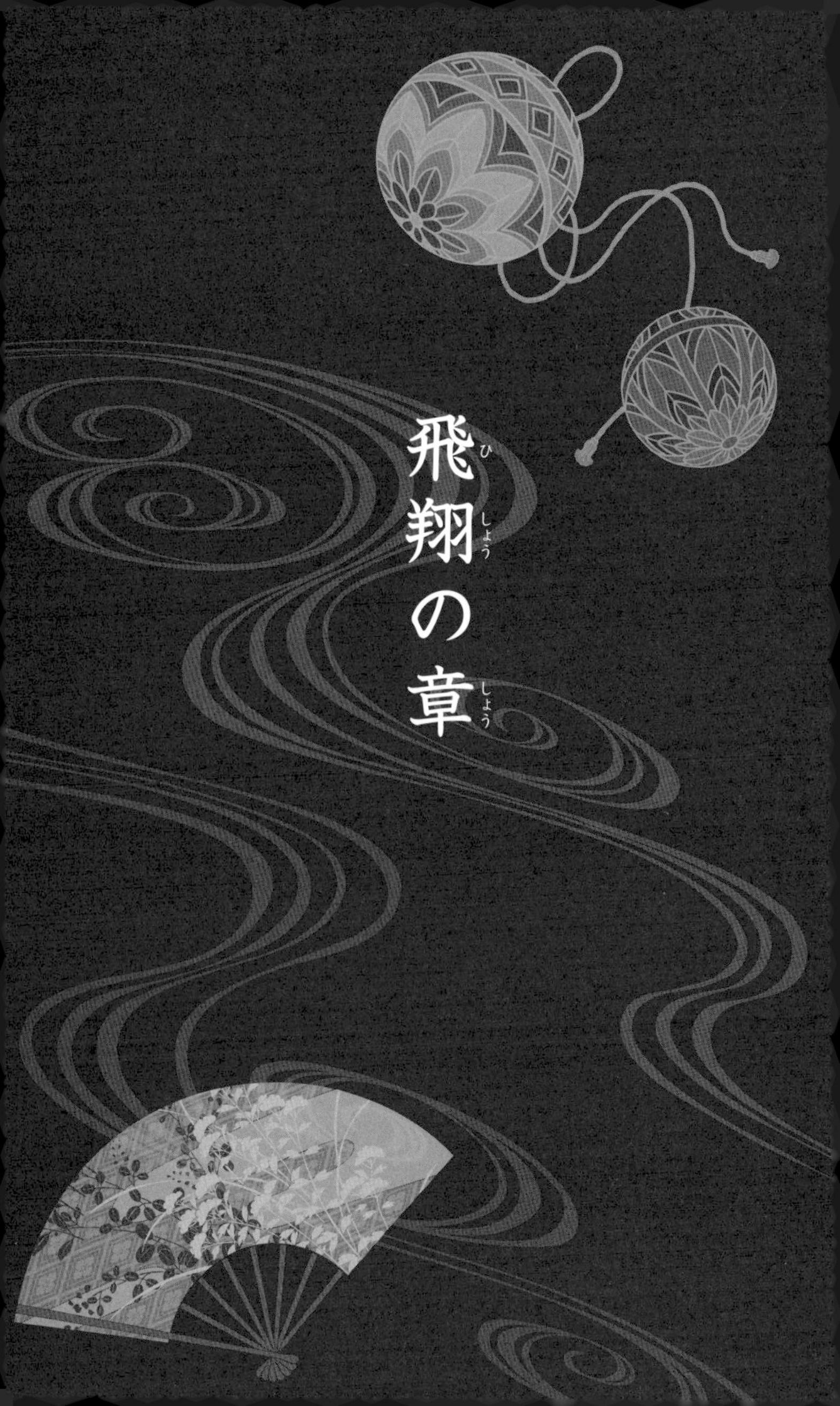

1　京極竜子《きょうごくたつこ》との出会《であ》い——天正《てんしょう》12年《ねん》（1584年《ねん》）——

秀吉《ひでよし》の陣営《じんえい》に送《おく》られた初《はつ》たち三姉妹《しまい》は、前田利家《まえだとしいえ》の越前府中城《えちぜんふちゅうじょう》にいったん預《あず》けられ、そこからさらに北近江《きたおうみ》の実宰庵《じっさいあん》に移《うつ》されました。

「三人《にん》とも大《おお》きゅうなって……」

伯母《おば》の見久尼《けんきゅうに》は年《とし》をとってはいましたが、大《おお》きな身体《からだ》はそのままでした。彼女《かのじょ》はお市《いち》の死《し》に涙《なみだ》し、経《きょう》を上《あ》げてくれました。

初《はつ》たちはしばらくそこで世話《せわ》になったあと、南近江《みなみおうみ》の安土城《あづちじょう》へ向《む》かうことになりました。織《お》田《だ》の家督《かとく》を継《つ》いだ三法師《さんぽうし》のもとで暮《く》らすことになったのです。それは秀吉《ひでよし》が初《はつ》たちを織田《おだ》の姫《ひめ》として扱《あつか》っていることを意味《いみ》していました。

安土城《あづちじょう》は琵琶湖《びわこ》のほとりに建《た》っているので、初《はつ》たちの心《こころ》は慰《なぐさ》められました。愛《あい》する母《はは》を失《うしな》って傷《きず》ついた心《こころ》が、大好《だいす》きな湖《みずうみ》を見《み》ていると次第《しだい》に癒《い》やされたのです。

「琵琶《びわ》の湖《うみ》が見《み》えるのはうれしいです！　三人《にん》でずっと、ここにいられたらいいですね！」

明《あか》るく笑《わら》う江《ごう》の存在《そんざい》にも、茶々《ちゃちゃ》と初《はつ》は助《たす》けられていました。江《ごう》を見《み》ていると、自然《しぜん》と心《こころ》があたたかくなりますし、「妹《いもうと》のためにも強《つよ》く生《い》きねば」という力《ちから》が湧《わ》いてくるのです。

けれど、年《とし》が明《あ》けてすぐ、江《ごう》とは離《はな》れ離《ばな》れになることになりました。江《ごう》は秀吉《ひでよし》の養女《ようじょ》となって、嫁《とつ》ぐことになったのです。相手《あいて》は江《ごう》より四歳上《さいうえ》で、母方《ははかた》の従兄《いとこ》の佐治一成《さじかずなり》でした。今《いま》は亡《な》き一成《かずなり》の母《はは》・お犬《いぬ》の方《かた》は、お市《いち》の姉《あね》に当《あ》たります。

「わたしは三人《にん》でずっと一緒《いっしょ》にいたいです……！」

毎日《まいにち》のように泣《な》く江《ごう》を見《み》ているとつらいものがありますが、わがままは言《い》えません。此度《こたび》の縁談《えんだん》は佐治家《さじけ》が握《にぎ》っている海運《かいうん》を利用《りよう》したい秀吉《ひでよし》の意向《いこう》によるものでした。織田《おだ》の姫《ひめ》として扱《あつか》われているものの、その実《じつ》、三姉妹《しまい》は秀吉《ひでよし》の〝持《も》ち駒《ごま》〟に過《す》ぎないのです。

「血《ち》のつながった従兄《いとこ》に嫁《とつ》ぐんですもの。どこよりも安心《あんしん》だわ」

「そうよ、江《ごう》。一成殿《かずなりどの》を兄《あに》と思《おも》ってお慕《した》いなさいな」

茶々《ちゃちゃ》と初《はつ》は江《ごう》を励《はげ》ましましたが、江《ごう》は泣《な》く泣《な》く嫁《とつ》いでいき――。

夏《なつ》の終《お》わりに、茶々《ちゃちゃ》と初《はつ》も安土城《あづちじょう》を出《で》ることになりました。昨年《さくねん》の秋《あき》から工事《こうじ》を進《すす》めていた大坂城《おおさかじょう》の本丸《ほんまる》が完成《かんせい》したため、秀吉《ひでよし》の一家《いっか》や養子《ようし》たちも、それぞれの場所《ばしょ》から移《うつ》り住《す》むことになったのです。

「これで何回目《なんかいめ》の引《ひ》っ越《こ》しかしら……」

「姉上《あねうえ》、それにしても、すごく大《おお》きなお城《しろ》ですね」

大坂城《おおさかじょう》の天守《てんしゅ》は五層《そう》の屋根《やね》を持《も》つ地上六階《ちじょうろっかい》、地下二階《ちかかい》という、あわせて八階《はっかい》。

屋根《やね》に葺《ふ》かれた金箔《きんぱく》の瓦《かわら》が陽《ひ》の光《ひかり》を受《う》けてきらきらと輝《かがや》いているのを見《み》ると、秀吉《ひでよし》がいずれ、天下《てんか》を治《おさ》めることを意識《いしき》して造《つく》った城《しろ》だということがわかります。

(北ノ庄城《きたのしょうじょう》がなつかしいわ。私《わたし》、この城《しろ》を好《す》きになれるかしら……?)

越前《えちぜん》での日々《ひび》を思《おも》い出《だ》すと、初《はつ》は義父《ちち》の勝家《かついえ》にもう少《すこ》しやさしくすればよかったと、悔《く》やまれてなりません。

(もっと一緒《いっしょ》にいられれば、きっと仲《なか》の良《よ》い親子《おやこ》になれたのに……。それに、万寿丸《まんじゅまる》もいつか呼《よ》び寄《よ》せることができたかもしれないわ)

万寿丸《まんじゅまる》のことは気《き》になりますが、今《いま》はまだ誰《だれ》にも言《い》えません。昨年《さくねん》、実宰庵《じっさいあん》に滞在《たいざい》した際《さい》、見久尼《けんきゅうに》からひそかに息災《そくさい》であることは聞《き》いていますが――。

それに初《はつ》には、もうひとつ気《き》にかかっていることがありました。従兄《いとこ》の京極高次《きょうごくたかつぐ》がどうなったのかわからないのです。どこかで生《い》きているか、または討《う》ち死《じ》にしたか、そのどちらかだとは思《おも》うのですが……。

そんな折《おり》、初《はつ》たちにはまた新《あら》たな出会《であ》いがありました。

秀吉《ひでよし》の側室《そくしつ》となった高次《たかつぐ》の姉《あね》で、初《はつ》たちの従姉《いとこ》・京極竜子《きょうごくたつこ》も大坂城《おおさかじょう》に入《はい》っていたのです。


秀吉《ひでよし》のはからいで従姉《いとこ》の竜子《たつこ》が茶々《ちゃちゃ》と初《はつ》の教育係《きょういくがかり》になったことは、ふたりにとってうれしいことでした。

「おふたりを見《み》ていると、小谷《おだに》にいた頃《ころ》を思《おも》い出《だ》しますわ……。わたくしを姉《あね》だと思《おも》って、なんでも相談《そうだん》してくださいね」

竜子《たつこ》は輝《かがや》くような美《うつく》しさと教養《きょうよう》を併《あわ》せ持《も》つ素晴《すば》らしい女性《じょせい》でしたので、茶々《ちゃちゃ》も初《はつ》もすぐ打《う》ち解《と》けました。竜子《たつこ》は小谷城《おだにじょう》の京極丸《きょうごくまる》で生《う》まれ育《そだ》ったので、彼女《かのじょ》から昔話《むかしばなし》を聞《き》くのもとても楽《たの》しかったのです。

竜子《たつこ》は秀吉《ひでよし》の許《ゆる》しを得《え》て、母《はは》のマリアを呼《よ》び寄《よ》せ、ともに暮《く》らしていました。マリアという名《な》はキリシタンの洗礼名《せんれいめい》です。彼女《かのじょ》は三年前《ねんまえ》に入信《にゅうしん》したということでした。

「弟《おとうと》の娘《むすめ》たちに会《あ》えるとは……。これも神《かみ》の思《おぼ》し召《め》しに違《ちが》いありません」

マリアは胸《むね》に下《さ》げた十字架《じゅうじか》を握《にぎ》り、祈《いの》りを捧《ささ》げます。信仰《しんこう》の違《ちが》いはともかく、この父方《ちちかた》の伯母《おば》に会《あ》えたことも母《はは》を亡《な》くした初《はつ》たちにとっては心強《こころづよ》いことでした。

そして、さらにうれしいことがありました。従兄《いとこ》の高次《たかつぐ》が生《い》きていたのです！　彼《かれ》は竜子《たつこ》のはからいで秀吉《ひでよし》に仕《つか》えることになり、近江高島郡《おうみたかしまごおり》二千《せん》五百石《ひゃっこく》を与《あた》えられていました。

「これで京極家《きょうごくけ》の再興《さいこう》が叶《かな》ったわ！」

と竜子《たつこ》もマリアも大喜《おおよろこ》びです。

「高次様《たかつぐさま》、ご無事《ぶじ》でなによりです」

「私《わたし》たちも、とても心配《しんぱい》していたんですよ」

茶々《ちゃちゃ》と初《はつ》も高次《たかつぐ》との再会《さいかい》を喜《よろこ》びましたが、高次《たかつぐ》は「その折《おり》は……」と沈《しず》んだ顔《かお》をしました。勝家《かついえ》の力《ちから》になりきれず、しかも姉《あね》の力《ちから》で秀吉《ひでよし》の軍門《ぐんもん》に下《くだ》ったことを恥《は》じているのでしょう。

その心中《しんちゅう》を思《おも》うと複雑《ふくざつ》な気持《きも》ちになりましたが、この事例《じれい》を見《み》て、後日《ごじつ》、初《はつ》の心《こころ》にあることが思《おも》い浮《う》かびました。

「姉上《あねうえ》、もしかしたら、これはいい機会《きかい》かもしれません。万寿丸《まんじゅまる》のことを打《う》ち明《あ》けて、浅井家《あざいけ》の再興《さいこう》を願《ねが》い出《で》ましょう」

「え……でも、大丈夫《だいじょうぶ》かしら」

「高次様《たかつぐさま》はあの猿《さる》に二回《かい》も敵対《てきたい》したのよ？　それに比《くら》べて万寿丸《まんじゅまる》はただ身《み》を潜《ひそ》めていただけですし。私《わたし》、竜子様《たつこさま》に相談《そうだん》してみますね」

竜子《たつこ》にとっても万寿丸《まんじゅまる》は血《ち》のつながった従弟《いとこ》です。

切《き》り替《か》えの早《はや》い初《はつ》は、さっそく竜子《たつこ》に相談《そうだん》し――……。

万寿丸《まんじゅまる》の存在《そんざい》を知《し》った秀吉《ひでよし》は福田寺《ふくでんじ》へ使《つか》いの者《もの》をやりました。そうして、茶々《ちゃちゃ》と初《はつ》は久《ひさ》しぶりに弟《おとうと》と会《あ》うことができたのです。

「万寿丸《まんじゅまる》、元気《げんき》そうでなによりだわ」

「亡《な》き父上《ちちうえ》のためにも、浅井《あざい》を盛《も》り立《た》てていってちょうだいね」

茶々《ちゃちゃ》と初《はつ》は喜《よろこ》びましたが、

「……はい。でも、私《わたし》にできるでしょうか」

万寿丸《まんじゅまる》はとまどいを隠《かく》せない様子《ようす》でした。自分《じぶん》の出生《しゅっしょう》の秘密《ひみつ》を知《し》ったのはつい最近《さいきん》のことで、しかも生《う》まれてからずっと寺《てら》で暮《く》らしてきたのですから、無理《むり》もありません。

けれど、武家《ぶけ》の子《こ》として生《う》まれたからにはしっかりしてもらわないと、と茶々《ちゃちゃ》も初《はつ》も考《かんが》えていました。ふたりの姉《あね》の頭《あたま》にはもう、浅井《あざい》の再興《さいこう》しかなかったのです。

そうして十二歳《さい》の万寿丸《まんじゅまる》は、まずは秀吉《ひでよし》の養子《ようし》の秀勝《ひでかつ》（信長《のぶなが》の四男《なん》）に仕《つか》えることになり、秀勝《ひでかつ》の居城《きょじょう》・亀山城《かめやまじょう》へ移《うつ》っていきました。

（江《ごう》には悪《わる》いけれど、私《わたし》、大坂《おおさか》に来《き》てよかったわ。竜子様《たつこさま》やマリア様《さま》にお会《あ》いできたし、高次《たかつぐ》様《さま》もご無事《ぶじ》で秀吉《ひでよし》に許《ゆる》されたし、万寿丸《まんじゅまる》も還俗《げんぞく》して浅井《あざい》の再興《さいこう》も果《は》たせそうだし）

どれもこれも〝あの猿《さる》〟のおかげなのですが、それには目《め》をつむり、マリアの言《い》うところの「神《かみ》の思《おぼ》し召《め》し」であると、初《はつ》は思《おも》うことにしました。

けれど、いいことばかりは続《つづ》きませんでした。

佐治家《さじけ》に嫁《とつ》いだ江《ごう》が、早《はや》くもこの年《とし》の暮《く》れに離縁《りえん》させられてしまったのです。

❖大坂城《おおさかじょう》に入《はい》るまで三姉妹《しまい》はどこにいたか？❖

天正《てんしょう》11年《ねん》（1583年《ねん》）4月《がつ》に北ノ庄城《きたのしょうじょう》を落《お》ち、翌年《よくとし》の天正《てんしょう》12年《ねん》（1584年《ねん》）8月《がつ》に大坂城《おおさかじょう》へ入《はい》るまでの間《あいだ》、初《はつ》たち三姉妹《しまい》がどこにいたのか、実《じつ》ははっきりわかっていません。

三姉妹《しまい》の叔父《おじ》・織田有楽斎《おだうらくさい》（信長《のぶなが》の弟《おとうと》・長益《ながます》）が天正《てんしょう》18年《ねん》（1590年《ねん》）当時《とうじ》、茶々《ちゃちゃ》の後見人《こうけんにん》になっていることから、この叔父《おじ》に預《あず》けられたのでは？　という説《せつ》もありますが、京《きょう》にいた秀吉《ひでよし》の側室《そくしつ》・京極竜子《きょうごくたつこ》に預《あず》けられたという説《せつ》もあります。

血縁関係《けつえんかんけい》を考《かんが》えると、どちらも有《あ》り得《う》る話《はなし》ですが、本書《ほんしょ》では、織田《おだ》の姫《ひめ》として織田《おだ》の家督《かとく》を継《つ》いだ三法師《さんぼうし》のいる安土城《あづちじょう》に預《あず》けられたという説《せつ》を採《と》り、従姉《いとこ》の竜子《たつこ》が三姉妹《しまい》の教育係《きょういくがかり》になったのは大坂城《おおさかじょう》へ入《はい》ってからにしました。

いずれにせよ、多感《たかん》な時期《じき》に母《はは》を亡《な》くした初《はつ》たちにとって、竜子《たつこ》とその母《はは》・マリアの存在《そんざい》はとても心強《こころづよ》かったのではないかと思《おも》います。

2 初《はつ》の結婚《けっこん》——天正《てんしょう》15年《ねん》（1587年《ねん》）——

大坂城《おおさかじょう》へ引《ひ》き取《と》られた江《ごう》は、かわいそうにしばらくの間《あいだ》、塞《ふさ》ぎ込《こ》んでいました。離縁《りえん》の原因《げんいん》は、夫《おっと》の一成《かずなり》が秀吉《ひでよし》の怒《いか》りを買《か》ったからです。

江《ごう》が嫁《とつ》いですぐ、秀吉《ひでよし》は徳川家康《とくがわいえやす》と戦《いくさ》をはじめました。のちに「小牧《こまき》・長久手《ながくて》の戦《たたか》い」と呼《よ》ばれるこの戦《いくさ》は九か月《げつ》の長《なが》きにわたった末《すえ》、講和《こうわ》を結《むす》ぶことで終結《しゅうけつ》したのですが、その後《ご》、家康《いえやす》が兵《へい》を引《ひ》き上《あ》げる際《さい》、雨《あめ》で増水《ぞうすい》した川《かわ》を渡《わた》れずに困《こま》っていることを聞《き》きつけた一成《かずなり》が船《ふね》を出《だ》して窮地《きゅうち》を救《すく》い、その話《はなし》を聞《き》いた秀吉《ひでよし》が激怒《げきど》し、江《ごう》を連《つ》れ戻《もど》したのでした。

江《ごう》の様子《ようす》からして、一成《かずなり》はとてもいい夫《おっと》だったようです。

（嫁《とつ》ぐのも別《わか》れるのも、秀吉《ひでよし》の胸《むね》のうち次第《しだい》だなんて……。私《わたし》も姉上《あねうえ》も、いずれはあの猿《さる》の駒《こま》として使《つか》われるのだわ……）

初《はつ》は妹《いもうと》を通《とお》して、武家《ぶけ》に生《う》まれた女《おんな》の現実《げんじつ》を見《み》たのです。

そして、年《とし》が明《あ》けて天正《てんしょう》13年《ねん》（1585年《ねん》）7月《がつ》、秀吉《ひでよし》はなんと関白《かんぱく》になりました。秀吉《ひでよし》は前後《ぜんご》して「四国攻《しこくぜ》め」を行《おこな》い、四国《しこく》の覇者《はしゃ》・長宗我部元親《ちょうそかべもとちか》を下《くだ》して四国《しこく》を平定《へいてい》し、その翌年《よくとし》、天正《てんしょう》14年《ねん》（1586年《ねん》）9月《がつ》、朝廷《ちょうてい》から「豊臣《とよとみ》」の姓《せい》を賜《たまわ》りました。

日本《にほん》の各地《かくち》には関東《かんとう》の北条《ほうじょう》、九州《きゅうしゅう》の島津《しまづ》など、まだまだ敵対《てきたい》する勢力《せいりょく》がおりますが、それらが秀吉《ひでよし》の軍門《ぐんもん》に下《くだ》るのはそう遠《とお》い未来《みらい》ではなく……。

翌《よく》10月《がつ》、秀吉《ひでよし》に対抗《たいこう》し続《つづ》けた家康《いえやす》がついに臣下《しんか》の礼《れい》を取《と》り、秀吉《ひでよし》は天正《てんしょう》15年《ねん》（1587年《ねん》）には九州《きゅうしゅう》の島津義久《しまづよしひさ》を下《くだ》し、九州《きゅうしゅう》も平定《へいてい》しました。

その秀吉《ひでよし》に従《したが》い、「九州攻《きゅうしゅうぜ》め」にて武功《ぶこう》を挙《あ》げた従兄《いとこ》の京極高次《きょうごくたかつぐ》は、大溝《おおみぞ》一万石《まんごく》を与《あた》えられ、大溝城《おおみぞじょう》の城主《じょうしゅ》になりました。高次《たかつぐ》は晴《は》れて大名《だいみょう》の仲間《なかま》入《い》りを果《は》たしたのです。

竜子《たつこ》とマリアの喜《よろこ》びようは大《おお》きく、

「京極家《きょうごくけ》はこれで安泰《あんたい》ね」

「高次《たかつぐ》は本当《ほんとう》によくやってくれました」

と、初《はつ》はふたりに会《あ》うたびにうれしそうな顔《かお》を何度《なんど》も見《み》ました。

しかし、反対《はんたい》に初《はつ》の弟《おとうと》・喜八郎《きはちろう》（かつての万寿丸《まんじゅまる》）はどうもパッとしません。

まだ十五歳《さい》で若《わか》すぎるということもあるのでしょうが、最初《さいしょ》に仕《つか》えた秀勝《ひでかつ》が二年前《ねんまえ》に亡《な》くなり、今《いま》は秀吉《ひでよし》の弟《おとうと》の秀長《ひでなが》に仕《つか》えているのですが、これといった話《はなし》が聞《き》こえてこないのです。

江《ごう》や喜八郎《きはちろう》のことでなにかと憂鬱《ゆううつ》だったある日《ひ》、初《はつ》は秀吉《ひでよし》の正室《せいしつ》・おねに呼《よ》び出《だ》され、輿入《こしい》れが決《き》まったことを告《つ》げられました。

初《はつ》は結婚《けっこん》が決《き》まったうれしさよりも、

（えーっ、せっかく姉妹《しまい》三人《にん》で仲良《なかよ》く暮《く》らしていたのに。あの猿《さる》〜〜っ）

と秀吉《ひでよし》に対《たい》し、大《おお》いに不満《ふまん》に思《おも》ったのですが、

「お相手《あいて》は、京極高次殿《きょうごくたかつぐどの》ですよ」

「まあ！　そうなんですか！」

夫《おっと》となるのが従兄《いとこ》の高次《たかつぐ》だと知《し》り、不満《ふまん》はすぐに吹《ふ》き飛《と》んでしまいました。

高次《たかつぐ》は今《いま》、二十五歳《さい》。

大名《だいみょう》となり、以前《いぜん》よりもたくましさが増《ま》したようです。

（私《わたし》があの高次様《たかつぐさま》のお嫁《よめ》に……ふふっ）

それに仲《なか》の良《よ》い竜子《たつこ》やマリアと家族《かぞく》になれるというのも、初《はつ》にとってはうれしい話《はなし》です。

「初《はつ》、よかったわね。とてもよい話《はなし》よ。おめでとう」

「姉様《あねさま》、おめでとうございます」

この縁談《えんだん》は茶々《ちゃちゃ》も江《ごう》も大変喜《たいへんよろこ》んでくれ、

「お初様《はつさま》がわたくしの義妹《いもうと》になるなんて、とてもうれしいですわ」

「ええ、実家《じっか》である浅井《あざい》の姫《ひめ》を迎《むか》えられるとは……木当《ほんとう》に素晴《すば》らしいご縁《えん》だわ」

竜子《たつこ》もマリアも祝福《しゅくふく》してくれました。

そして、なによりも、

「初殿《はつどの》、末永《すえなが》くよろしくお願《ねが》いします。我《われ》らは琵琶《びわ》の湖《うみ》を眺《なが》めて育《そだ》った者同士《ものどうし》――……きっと昔《むかし》なじみのような良《よ》い夫婦《ふうふ》になれましょう」

と高次《たかつぐ》に言《い》われたのが、初《はつ》はうれしくてたまりませんでした。高次《たかつぐ》もこの結婚《けっこん》を喜《よろこ》んでいることがわかったからです。

(こんなにみんなから祝福《しゅくふく》される結婚《けっこん》はないんじゃないかしら？　どうしよう、私《わたし》、しあわせすぎる〜〜〜)

こうして、十八歳《じゅうはっさい》の初《はつ》は周囲《しゅうい》の人々《ひとびと》から祝福《しゅくふく》を受《う》け、慶《よろこ》びに満《み》ちあふれた笑顔《えがお》で大坂城《おおさかじょう》をあとにし、近江大溝城《おうみおおみぞじょう》へと嫁《とつ》いだのです。

❖初《はつ》の嫁《とつ》ぎ先《さき》が決《き》まった理由《りゆう》は？❖

子《こ》どものいない秀吉《ひでよし》にとって三姉妹《しまい》を保護《ほご》したことは、一度《いちど》に娘《むすめ》を三人《にんも》持ったようなもので、しかも主君筋《しゅくんすじ》の織田《おだ》ゆかりの姫《ひめ》ともなれば、言葉《ことば》は悪《わる》いですが、その血筋《ちすじ》からいって政略結婚《せいりゃくけっこん》の駒《こま》としての価値《かち》は非常《ひじょう》に高《たか》かったものと思《おも》われます。

そんな大事《だいじ》な持《も》ち駒《ごま》のひとつである初《はつ》を、秀吉《ひでよし》はなぜ京極高次《きょうごくたかつぐ》という冴《さ》えない男《おとこ》に嫁《とつ》がせたのか——は、「浅井家《あざいけ》と京極家《きょうごくけ》の関係性《かんけいせい》から」、「秀吉《ひでよし》が竜子《たつこ》の歓心《かんしん》を買《か》おうとしたから」、「竜子《たつこ》にねだられたから」など様々《さまざま》な説《せつ》があり、本当《ほんとう》のところははっきりしていません。

初《はつ》が嫁《とつ》ぐ前後《ぜんご》、高次《たかつぐ》は五千石《せんごく》から一万石《まんごく》、と収入《しゅうにゅう》が二倍《ばい》にアップしています。理由《りゆう》は「九州攻《きゅうしゅうぜ》め」の際《さい》、馬獄城《まがたけじょう》を落《お》とした軍功《ぐんこう》となっていますが、一万石《まんごく》から大名《だいみょう》と呼《よ》ばれるようになるので、初《はつ》を嫁《とつ》がせるにあたってあらかじめ加増《かぞう》し、箔《はく》をつけてから秀吉《ひでよし》の薦《すす》めで初《はつ》を嫁《よめ》に迎《むか》えたという段取《だんど》りを踏《ふ》んだと考《かんが》えられます。

理由《りゆう》はともかく、落《お》ちぶれたとはいえ京極家《きょうごくけ》は名門《めいもん》で夫《おっと》の高次《たかつぐ》は従兄《いとこ》、しかも美男《びなん》だとくれば初《はつ》にとって決《けっ》して悪《わる》い話《はなし》ではなかったと思《おも》われます。

虚《こ》空《くう》の章《しょう》

1 京極家《きょうごくけ》に後継《あとつ》ぎが生《う》まれる——文禄《ぶんろく》2年《ねん》（1593年《ねん》）——

琵琶湖《びわこ》のそばに建《た》つ大溝城《おおみぞじょう》は、湖《みずうみ》の水《みず》を巧《たく》みに取《と》り込《こ》んだ水城《みずじろ》です。

（高次様《たかつぐさま》はやさしいし、琵琶《びわ》の湖《うみ》を毎日《まいにち》眺《なが》められるし、大坂《おおさか》にも近《ちか》いから姉上《あねうえ》や江《ごう》に会《あ》おうと思《おも》えばすぐに飛《と》んでいけるし。本当《ほんとう》、こんなにしあわせでいいのかしら？）

これから先《さき》、高次《たかつぐ》の正室《せいしつ》として名門《めいもん》・京極家《きょうごくけ》を盛《も》り立《た》てていくことはもちろん、

（これで後継《あとつ》ぎに恵《めぐ》まれれば万々歳《ばんばんざい》よね）

と初《はつ》は思《おも》っていました。妻《つま》の役目《やくめ》は丈夫《じょうぶ》な男子《おのこ》を産《う》み、お家《いえ》を繁栄《はんえい》させていくことです。

けれど、初《はつ》はなかなか身《み》ごもらず……。

（まだ若《わか》いし、大丈夫《だいじょうぶ》よね。母上《ははうえ》は二十一で嫁《とつ》いでから三人《にん》も産《う》んだのだし）

そのうち必《かなら》ずできる——と、あまり気《き》にせず過《す》ごしていた初《はつ》のもとに、嫁《とつ》いだ翌年《よくとし》、思《おも》わずひっくり返《かえ》りそうな報《しら》せが届《とど》きました。

「ええっ、姉上《あねうえ》が秀吉《ひでよし》の妻《つま》に⁉」

茶々《ちゃちゃ》が秀吉《ひでよし》の側室《そくしつ》になることを承知《しょうち》した、というのです。年齢差《ねんれいさ》はなんと三十二歳《さい》。歳《とし》の差《さ》がありすぎるのもそうですが、初《はつ》が納得《なっとく》できないのは、秀吉《ひでよし》が実家《じっか》の浅井《あざい》を直接滅《ちょくせつほろ》ぼした人間《にんげん》だということです。大坂城《おおさかじょう》にて育《そだ》ててもらった恩《おん》はありますが、それはあくまでも秀吉《ひでよし》の主君《しゅくん》筋《すじ》の〝織田《おだ》の姫《ひめ》〟という扱《あつか》いのはずでした。

(あの猿《さる》～～っ、江《ごう》もなんで止《と》めなかったのよ⁉　姉上《あねうえ》はきっと嫌々《いやいや》、秀吉《ひでよし》の想《おも》い者《もの》になれと言《い》われたに決《き》まってるわ！)

初《はつ》が不機嫌《ふきげん》な顔《かお》をしていると、高次《たかつぐ》がこう言《い》いました。

「よかったではないか。これで豊臣《とよとみ》との縁《えん》がますます深《ふか》まるというもの。秀吉様《ひでよしさま》は初《はつ》の義兄上《あにうえ》になるというわけだ」

(あの猿《さる》が私《わたし》の義兄《あに》？　だからって兄《あに》と思《おも》えと言《い》われても……無理《むり》、ぜーったい無理《むり》！)

心底嫌《しんそこいや》そうな顔《かお》をしてから、初《はつ》はふと高次《たかつぐ》に訊《き》きました。

「あの……前《まえ》から気《き》になっていたんですが、高次様《たかつぐさま》は秀吉様《ひでよしさま》のことを憎《にく》んでいたのでは？」

「……確《たし》かに、今《いま》でも憎《にく》んでいる。が、私《わたし》の身《み》の振《ふ》り方次第《かたしだい》では姉上《あねうえ》に害《がい》が及《およ》ぶ。だから私《わたし》はその気持《きも》ちにふたをすることにしたのだ。京極家再興《きょうごくけさいこう》のために」

それは他《ほか》の誰《だれ》にも言《い》えない――いえ、言《い》ってはいけない高次《たかつぐ》の本音《ほんね》でした。

言《い》いにくいことを口《くち》に出《だ》させてしまったことを申《もう》し訳《わけ》なく初《はつ》が思《おも》っていますと、高次《たかつぐ》がさらにこう言《い》いました。

(高次様《たかつぐさま》……)

「茶々殿《ちゃちゃどの》の本音《ほんね》はわからないが、勝手《かって》ながら私《わたし》と似《に》たようなものを感《かん》じてならぬ。初《はつ》のため、江殿《ごうどの》のため……秀吉様《ひでよしさま》に添《そ》い遂《と》げる覚悟《かくご》を決《き》めたのは、そういった気持《きも》ちもあるように思《おも》う」

「そんな……そんなの、姉上《あねうえ》がかわいそうすぎます！」

茶々《ちゃちゃ》が自分《じぶん》を犠牲《ぎせい》にしているように感《かん》じられ、初《はつ》は悲《かな》しくなりましたが、高次《たかつぐ》の次《つぎ》の言葉《ことば》で少《すこ》し見方《みかた》が変《か》わりました。

「しかしながら、私《わたし》の姉上《あねうえ》を見《み》ていると、秀吉様《ひでよしさま》の細《こま》やかな心遣《こころづか》いには常《つね》に感謝《かんしゃ》しておられる。茶々殿《ちゃちゃどの》が秀吉様《ひでよしさま》に心《こころ》を開《ひら》いたのは、やはり憎《にく》からず想《おも》うようになったからではないか？」

(え〜っ、あの猿《さる》を？)

と思《おも》いましたが、それは納得《なっとく》のいく話《はなし》でもありました。初《はつ》も竜子《たつこ》から話《はなし》を聞《き》いたりして、秀《ひで》吉《よし》は細《こま》かい気配《きくば》りができる人《ひと》だと思《おも》っていたからです。

そして、翌年《よくとし》の天正《てんしょう》17年《ねん》（１５８９年《ねん》）５月《がつ》、茶々《ちゃちゃ》は男児《だんじ》（鶴松《つるまつ》）を産《う》み落《お》としました。

天正《てんしょう》18年《ねん》（1590年《ねん》）春《はる》。

秀吉《ひでよし》は二十万《まん》もの大軍《たいぐん》を率《ひき》いて「小田原攻《おだわらぜ》め」を行《おこな》い、関東《かんとう》の北条氏《ほうじょうし》を滅《ほろ》ぼしたのち、東北《とうほく》の武将《ぶしょう》たちも配下《はいか》に従《したが》えることに成功《せいこう》し、ついに天下統一《てんかとういつ》をなしました。

しかし、その後《ご》は不幸《ふこう》が続《つづ》きました。秀吉《ひでよし》の弟《おとうと》・秀長《ひでなが》、秀吉《ひでよし》と茶々《ちゃちゃ》の子《こ》・鶴松《つるまつ》が相次《あいつ》いで亡《な》くなったのです。

そうした中《なか》、秀吉《ひでよし》は次《つぎ》の狙《ねら》いを海《うみ》の向《む》こうに定《さだ》め、文禄元年《ぶんろくがんねん》（1592年《ねん》）に朝鮮半島《ちょうせんはんとう》へ大軍《たいぐん》を送《おく》り込《こ》みました。のちに「文禄《ぶんろく》の役《えき》（第《だい》一次朝鮮出兵《じちょうせんしゅっぺい》）」と呼《よ》ばれるこの戦《いくさ》は、翌年《よくとし》には停戦《ていせん》を迎《むか》えたのですが……。

この間《あいだ》に、初《はつ》にとってはなんとも悩《なや》ましいことが起《お》きました。

秀吉《ひでよし》に従軍《じゅうぐん》して朝鮮出兵《ちょうせんしゅっぺい》の前線基地《ぜんせんきち》である九州《きゅうしゅう》の名護屋《なごや》へ入《はい》った高次《たかつぐ》が侍女《じじょ》に手《て》をつけ、文《ぶん》禄《ろく》2年《ねん》(1593年《ねん》)に男児《だんじ》が生《う》まれたのです。

京極家《きょうごくけ》にとって高次《たかつぐ》の血《ち》を引《ひ》く子《こ》が生《う》まれたことは、喜《よろこ》ばしいことなのですが――。

(悔《くや》しい……! 私《わたし》は正室《せいしつ》として京極家《きょうごくけ》の後継《あとつ》ぎを産《う》みたいと、日々《ひび》願《ねが》っていたのに……どうして私《わたし》には子《こ》ができないの⁉)

女《おんな》として妻《つま》として、初《はつ》はどうしようもない嫉妬《しっと》に襲《おそ》われました。

昨年《さくねん》は秀吉《ひでよし》の甥《おい》と再婚《さいこん》した江《ごう》が、身《み》ごもっている間《あいだ》に夫《おっと》が戦地《せんち》で病死《びょうし》するという不幸《ふこう》に見舞《みま》われつつも無事《ぶじ》に女児《じょじ》を出産《しゅっさん》し、この夏《なつ》には茶々《ちゃちゃ》がふたたび男児《だんじ》を産《う》みました。姉《あね》と妹《いもうと》が子《こ》を得《え》ているのに、自分《じぶん》にはその兆《きざ》しさえないのです。

初《はつ》は鬱々《うつうつ》とした気持《きも》ちで、毎日《まいにち》のように琵琶湖《びわこ》を眺《なが》めてはため息《いき》をつきました。けれど、今《いま》いるのは近江八幡山城《おうみはちまんやまじょう》で、山《やま》の上《うえ》から琵琶湖《びわこ》は見《み》えるものの大溝城《おおみぞじょう》のように近《ちか》くないのです。

(なんだか世《よ》の中《なか》のすべてが、私《わたし》に対《たい》して冷《つめ》たく感《かん》じるわ……)

高次《たかつぐ》が「小田原攻《おだわらぜ》め」の功《こう》を称《たた》えられ、二万八千石《まんはっせんごく》に加増《かぞう》されてこの城《しろ》に移《うつ》ったときは誇《ほこ》らしい気持《きも》ちでいっぱいでしたが、今《いま》はなんの張《は》り合《あ》いも持《も》てず……。

ですが、正室《せいしつ》としては、夫《おっと》の血《ち》を引《ひ》く男児《だんじ》が生《う》まれたことを喜《よろこ》ばなくてはなりません。

(もしかして、手元《てもと》に置《お》けば自然《しぜん》と愛情《あいじょう》が湧《わ》いてくるのかしら……?)

けれど、初《はつ》は自信《じしん》が持《も》てませんでした。高次《たかつぐ》のことを心《こころ》から愛《あい》しているがゆえに、やはりどうしてもその子《こ》を憎《にく》んでしまうだろうと思《おも》ったからです。

そんな醜《みにく》い自分《じぶん》と向《む》き合《あ》いたくなくて、初《はつ》はひとり重《おも》い息《いき》をつくのでした。

文禄《ぶんろく》4年《ねん》(1595年《ねん》)、高次《たかつぐ》は六万石《まんごく》に加増《かぞう》され、南近江《みなみおうみ》は琵琶湖《びわこ》のほとりにある大津城《おおつじょう》を与《あた》えられました。

夫《おっと》の出世《しゅっせ》はもちろんのこと、ふたたび琵琶湖《びわこ》の近《ちか》くに住《す》めるようになったことがうれしく、初《はつ》の心《こころ》は少《すこ》し軽《かる》くなりました。

そして、その年《とし》の9月《がつ》、妹《いもうと》の江《ごう》が三度目《どめ》の結婚《けっこん》をしました。

相手《あいて》は徳川家康《とくがわいえやす》の後継《あとつ》ぎの秀忠《ひでただ》です。二番目《ばんめ》の夫《おっと》との間《あいだ》にできた子《こ》(完子《さだこ》)は豊臣《とよとみ》の姫《ひめ》として茶々《ちゃちゃ》が育《そだ》てることになり、徳川《とくがわ》へは連《つ》れて行《い》けませんでしたが、伏見《ふしみ》の屋敷《やしき》にて六歳年下《さいとししした》の夫《おっと》と江《ごう》は仲睦《なかむつ》まじく暮《く》らしているようで、初《はつ》はほっとしました。

これもまた秀吉《ひでよし》による政略結婚《せいりゃくけっこん》でしたが、江《ごう》がしあわせでいてくれればそれに越《こ》したことはありません。妹《いもうと》が今度《こんど》こそ不幸《ふこう》な目《め》に遭《あ》わないよう、初《はつ》は強《つよ》く祈《いの》りました。

その一方《いっぽう》で、初《はつ》は自分《じぶん》の結婚生活《けっこんせいかつ》もうまくいくように願《ねが》い——。

(私《わたし》も高次様《たかつぐさま》の子《こ》を産《う》みたい……！　亡《な》き父上《ちちうえ》の遺言《ゆいごん》を守《まも》るためにも、浅井《あざい》の血《ち》を京極家《きょうごくけ》に伝《つた》えなくては——)

けれど、願《ねが》っても願《ねが》っても、いっこうに初《はつ》のお腹《なか》の中《なか》に子《こ》は宿《やど》らず……。

せっかく生《う》まれた男児《だんじ》をそのままにしておけないので、初《はつ》はついに側室《そくしつ》が産《う》んだ子《こ》——熊麿《くままろ》を引《ひ》き取《と》ることにしました。

「熊麿《くままろ》、おかか様《さま》だぞ」

高次《たかつぐ》の膝《ひざ》の上《うえ》にちょこんと乗《の》っている熊麿《くままろ》は、きょとんとした顔《かお》で初《はつ》を見《み》ました。

「おかか……さま？」

「そうよ、熊麿《くままろ》。さ、こちらへ」

初《はつ》は熊麿《くままろ》を抱《だ》き上《あ》げ、やさしく頭《あたま》を撫《な》でました。

その瞬間《しゅんかん》、幼子《おさなご》のぬくもりを感《かん》じ、胸《むね》があたたかくなりました。これまでのわだかまりが嘘《うそ》のように、心《こころ》がやわらかく、ほぐれていったのです。

(私《わたし》はきっと、この子《こ》と仲良《なかよ》くなれるわ)

こうして、初《はつ》は母親《ははおや》になったのです。

❖初《はつ》は嫉妬深《しっとぶか》かった？❖

「文禄《ぶんろく》の役《えき》」の際《さい》、京極高次《きょうごくたかつぐ》が肥前《ひぜん》の名護屋城《なごやじょう》に入《はい》ったことはわかっていますが、後詰《ごづめ》として残《のこ》されていたのか、彼《かれ》は実際《じっさい》に朝鮮半島《ちょうせんはんとう》に渡《わた》って戦《たたか》ってはいないようです。

秀吉《ひでよし》は「小田原攻《おだわらぜ》め」の折《おり》、茶々《ちゃちゃ》を呼《よ》び寄《よ》せたおかげで勝利《しょうり》を手《て》にしたことにあやかり、「文《ぶん》禄《ろく》の役《えき》」の際《さい》も「妻子《さいし》を連《つ》れて行《い》ってよい」というふれを出《だ》し、自身《じしん》は実際《じっさい》に茶々《ちゃちゃ》と竜子《たつこ》を同行《どうこう》させました。ですが、高次《たかつぐ》が初《はつ》を名護屋《なごや》に連《つ》れて行《い》ったという記録《きろく》はありません。

羽《はね》を伸《の》ばしたのか高次《たかつぐ》は名護屋滞在《なごやたいざい》の折《おり》、侍女《じじょ》に手《て》をつけ、子《こ》ができてしまいました。一説《いっせつ》によると、初《はつ》は高次《たかつぐ》のことが好《す》きでたまらず、そんな初《はつ》の嫉妬《しっと》を恐《おそ》れて、身《み》ごもった侍女《じじょ》を家臣《かしん》が京《きょう》で匿《かくま》い、ひっそりと子《こ》を産《う》ませたといいます。そして、生《う》まれた子《こ》（熊麿《くままろ》。のちの忠高《ただたか》）を内《ない》緒《しょ》で育《そだ》て、ほとぼりが冷《さ》めた頃《ころ》、初《はつ》に報告《ほうこく》したとか。

けれど、そんな心配《しんぱい》はどこへやら。初《はつ》は忠高《ただたか》を大切《たいせつ》に育《そだ》て、忠高《ただたか》は実《じつ》の母《はは》のように初《はつ》を慕《した》っていたようですので、私《わたし》はそこから逆算《ぎゃくさん》して、「お市《いち》の方《かた》も側室《そくしつ》が産《う》んだ子《こ》をかわいがって育《そだ》て、そんな母《はは》を見《み》て育《そだ》った初《はつ》も忠高《ただたか》を我《わ》が子《こ》のように慈《いつく》しみ育《そだ》てた」というふうに考《かんが》えました。

2 秀吉《ひでよし》の死《し》――慶長《けいちょう》3年《ねん》(1598年《ねん》)――

初《はつ》の心《こころ》はやっと落《お》ち着《つ》きを取《と》り戻《もど》しましたが、その一方《いっぽう》で時代《じだい》は不穏《ふおん》な方向《ほうこう》へと流《なが》れていきました。

慶長《けいちょう》3年《ねん》(1598年《ねん》)5月《がつ》の終《お》わり頃《ごろ》から秀吉《ひでよし》が体調《たいちょう》を崩《くず》しはじめ、夏《なつ》にはついに床《とこ》に臥《ふ》したまま、起《お》き上《あ》がれなくなったのです。

おねだけでなく茶々《ちゃちゃ》や竜子《たつこ》も懸命《けんめい》に看病《かんびょう》していましたが、秀吉《ひでよし》はいっこうに回復《かいふく》せず……。

死《し》を待《ま》つばかりとなった8月《がつ》、初《はつ》はお見舞《みま》いに行《い》きました。

「……お初殿《はつどの》、よう来《き》てくれた……」

秀吉《ひでよし》はやせ細《ほそ》り、か細《ぼそ》い声《こえ》をしていました。

(もとから小《ちい》さい方《かた》だったけど、さらに小《ちい》さくなってしまって……おいたわしいこと)

子《こ》どもの頃《ころ》からずっと憎《にく》んできましたが、さすがにいつものように、心《こころ》の中《なか》で〝この猿《さる》〟だのと悪態《あくたい》をつく気持《きも》ちにはなれません。

「秀吉様《ひでよしさま》、お早《はや》い回復《かいふく》を祈《いの》っております」

「心《こころ》にもないことを言《い》わなくてよい……。お初殿《はつどの》には思《おも》ったことを言《い》ってほしい」

「ええと……」

「いつも思《おも》っておったじゃろう？　〝この猿《さる》〟と」

秀吉《ひでよし》が笑《わら》ったので、初《はつ》も思《おも》い切《き》って素直《すなお》になることにしました。

「あら、お見通《みとお》しだったのですね。さすがは猿《さる》……じゃなかった、天下《てんか》の秀吉様《ひでよしさま》だわ」

「ははっ、それでこそ、お初殿《はつどの》じゃ。そういうそなただからこそ、頼《たの》みたいことがある……。聞《き》いてくれるか？」

「はい、なんでしょうか？」

おそらく姉《あね》の茶々《ちゃちゃ》と子《こ》の秀頼《ひでより》、義姉《あね》の竜子《たつこ》を頼《たの》むという、臨終《りんじゅう》によくある場面《ばめん》が来《く》るものだと初《はつ》は思《おも》ったのですが――。

「そなたに所領《しょりょう》を与《あた》える」

「おまかせください……って、えっ？　私《わたし》に所領《しょりょう》を？」

初《はつ》は目《め》を丸《まる》くして驚《おどろ》きました。それは、夫《おっと》の高次《たかつぐ》とは別《べつ》に近江国蒲生郡《おうみのくにがもうごおり》の村《むら》ふたつ――合《あ》わせて二千四十五石《せんごく》を初《はつ》のものにするということだったのです。

この時代《じだい》、嫁《よめ》に行《い》く際《さい》に一代限《だいかぎ》りの化粧料《けわいりょう》として女性《じょせい》に財産《ざいさん》を与《あた》えられる例《れい》は多《おお》くありますが、所領《しょりょう》を与《あた》えるというのは珍《めずら》しいことです。

「のちのちのこと、くれぐれも頼《たの》みますぞ」

自分《じぶん》の判断《はんだん》で動《うご》かせる財産《ざいさん》を持《も》つことは、初《はつ》の強《つよ》みになるはずです。

秀吉《ひでよし》は夫《おっと》を支《ささ》え、京極家《きょうごくけ》をここまで大《おお》きくした初《はつ》の手腕《しゅわん》を見込《みこ》んで、「なにかあれば茶々《ちゃちゃ》たちを助《たす》けてほしい」と頼《たの》んだのです。

(この人《ひと》は私《わたし》のことも、ちゃんと見《み》てくれていたのだわ……!)

そう思《おも》った瞬間《しゅんかん》、熱《あつ》い涙《なみだ》が初《はつ》の目《め》にこみ上《あ》げてきました。

秀吉《ひでよし》のことを嫌《きら》いではなかったのだと、今《いま》さらながら気《き》づいたのです。


そして、8月《がつ》18日《にち》、秀吉《ひでよし》はついに帰《かえ》らぬ人《ひと》となり……。その後《ご》、秀吉《ひでよし》の妻《つま》たちは離《はな》れ離《ばな》れになりました。

おねは亡《な》き夫《おっと》の菩提《ぼだい》を弔《とむら》うために出家《しゅっけ》し、茶々《ちゃちゃ》は豊臣《とよとみ》の家督《かとく》を継《つ》いだ我《わ》が子《こ》・秀頼《ひでより》の養育《よういく》にあたり、竜子《たつこ》は弟《おとうと》の高次《たかつぐ》に引《ひ》き取《と》られ、大津城《おおつじょう》で初《はつ》たちとともに暮《く》らすことになったのです。

「竜子様《たつこさま》、困《こま》ったことがあれば、なんでも言《い》ってくださいね」

「ありがとう、お初様《はつさま》。弟夫婦《おとうとふうふ》に大事《だいじ》にされて、わたくし、とてもしあわせですわ」

竜子《たつこ》はさみしそうではありましたが、どこかほっとしているようでもありました。天下人《てんかびと》の妻《つま》という大役《たいやく》を終《お》え、こののちは静《しず》かに暮《く》らしたいと思《おも》っているのでしょう。

ある日《ひ》、そんな竜子《たつこ》を慰《なぐさ》めようと、初《はつ》は熊麿《くままろ》も連《つ》れて舟遊《ふなあそ》びに誘《さそ》いました。湖《みずうみ》の上《うえ》から眺《なが》める大津城《おおつじょう》の景色《けしき》は素晴《すば》らしいものでした。

「熊麿《くままろ》、この前《まえ》、覚《おぼ》えた歌《うた》を伯母上《おばうえ》にお聞《き》かせしては？」

「はい、義母上《ははうえ》！」

熊麿《くままろ》はかわいらしい声《こえ》で一生懸命《いっしょうけんめい》、歌《うた》いはじめました。数《かぞ》えで六歳《さい》の熊麿《くままろ》はまだあどけなく、初《はつ》も竜子《たつこ》も目《め》を細《ほそ》めてその様子《ようす》を見守《みまも》ります。

「さすがは、お初様《はつさま》の子《こ》。綺麗《きれい》な声《こえ》ね」

「竜子様《たつこさま》、熊麿《くままろ》は――」

「お初様《はつさま》は美声《びせい》の持《も》ち主《ぬし》、だから熊麿《くままろ》も声《こえ》が綺麗《きれい》。それでいいんじゃありませんこと？」

血《ち》のつながりなどなくても、親子《おやこ》は親子《おやこ》。

竜子《たつこ》はそう言《い》いたいのでしょうが――。

初《はつ》はふと、思《おも》いました。

(竜子様《たつこさま》も秀吉様《ひでよしさま》の子《こ》を産《う》みたかったのではないかしら……？)

姉《あね》の茶々《ちゃちゃ》が子《こ》を産《う》んだとき、竜子《たつこ》の心中《しんちゅう》も、きっと苦《くる》しかったのに違《ちが》いありません。けれど、それももう昔《むかし》の話《はなし》です。

(あの猿《さる》は……！　あんな顔《かお》をして本当《ほんとう》に罪作《つみつく》りな男《おとこ》よね)

初《はつ》は敢《あ》えて悪態《あくたい》をつき、秀吉《ひでよし》のことをなつかしく思《おも》い出《だ》したのでしたが——。

秀吉《ひでよし》が亡《な》くなった影響《えいきょう》は女《おんな》たちの人生《じんせい》だけでなく、豊臣《とよとみ》に仕《つか》えていた男《おとこ》たちにも変化《へんか》をもたらしました。

秀吉《ひでよし》は死《し》ぬ前《まえ》に幼《おさな》い秀頼《ひでより》を支《ささ》えるため、「五大老《ごたいろう》・五奉行《ごぶぎょう》」という制度《せいど》を作《つく》り、その筆頭《ひっとう》にそれぞれ徳川家康《とくがわいえやす》と石田三成《いしだみつなり》を据《す》えたのですが——。

家康《いえやす》と三成《みつなり》はやがて「天下分《てんかわ》け目《め》の戦《いくさ》」と呼《よ》ばれる「関ケ原《せきがはら》の戦《たたか》い」にて雌雄《しゆう》を決《けっ》することとなり、この流《なが》れに京極家《きょうごくけ》も巻《ま》き込《こ》まれてしまうのです。

❖秀吉《ひでよし》が初《はつ》に財産《ざいさん》を与《あた》えた理由《りゆう》は？❖

死《し》の十日前《とおかまえ》、秀吉《ひでよし》は「大津宰相内《おおつさいしょうない》」宛《あ》てに、ふたつの村《むら》を合《あ》わせて、二千《せん》四十五石《こく》の知行《ちぎょう》を与《あた》える旨《むね》を記《しる》した朱印状《しゅいんじょう》を出《だ》しています。「大津宰相《おおつさいしょう》」とは大津城《おおつじょう》を拠点《きょてん》とする京極高次《きょうごくたかつぐ》のことで、「内《ない》」とは彼《かれ》の妻《つま》、つまり初《はつ》のことを指《さ》します。内訳《うちわけ》は左《ひだり》のようになっていました。

「千《せん》四百《ひゃく》八十七石《こく》四斗《と》一升《いっしょう》　近江蒲生郡《おうみがもうごおり》おさた村《むら》」

「五百《ひゃく》五十六石《ごじゅうろっこく》七斗《と》七升《しょう》　同郡《どうぐん》野田村《のだむら》」

自分《じぶん》が死《し》んだあとの竜子《たつこ》のことが心配《しんぱい》なら、竜子《たつこ》に直接《ちょくせつ》、知行《ちぎょう》を与《あた》えればいい話《はなし》ですが、秀吉《ひでよし》はそうせず、敢《あ》えて初《はつ》に与《あた》えたのです。

これは茶々《ちゃちゃ》や秀頼《ひでより》のことも含《ふく》み置《お》いてのことだと考《かんが》えられていますが、当時《とうじ》、女性《じょせい》に知行《ちぎょう》を与《あた》えるのは珍《めずら》しいことでしたので、初《はつ》がそれだけ頼《たよ》りになる女性《じょせい》だったのではないか、と私《わたし》は考《かんが》えました。せっかく財産《ざいさん》を与《あた》えたのに、有効《ゆうこう》に使《つか》えないようなら宝《たから》の持《も》ち腐《ぐさ》れになってしまいますしね。天下人《てんかびと》・秀吉《ひでよし》のお眼鏡《めがね》にかなったのですから、やはり初《はつ》は賢《かしこ》い女性《じょせい》だったのでは、と思《おも》います。

雄《ゆう》飛《ひ》の章《しょう》

1 大津城落城《おおつじょうらくじょう》——慶長《けいちょう》5年《ねん》(1600年《ねん》)——

秀吉《ひでよし》の死後《しご》、五大老《ごたいろう》の筆頭《ひっとう》である家康《いえやす》は、大坂城《おおさかじょう》の二の丸《まる》に入《はい》って政務《せいむ》を行《おこな》っていました。ですが、その家康《いえやす》に対《たい》し、五大老《ごたいろう》のひとりで会津《あいづ》の上杉景勝《うえすぎかげかつ》が謀反《むほん》の兆《きざ》しを見《み》せたので、家康《いえやす》が兵《へい》を率《ひき》いて「会津攻《あいづぜ》め」に向《む》かうことになったのです。

慶長《けいちょう》5年《ねん》(1600年《ねん》)6月《がつ》18日《にち》、京《きょう》の伏見城《ふしみじょう》を発《た》った家康《いえやす》がその日《ひ》、大津城《おおつじょう》に立《た》ち寄《よ》り、京極家《きょうごくけ》は一家《いっか》を挙《あ》げてもてなしました。初《はつ》にとって家康《いえやす》は、妹《いもうと》・江《ごう》の舅《しゅうと》にあたる大事《だいじ》な人《ひと》だということもあります。

「家康様《いえやすさま》、どうぞ我《わ》が家《や》と思《おも》って、ゆるりとお過《す》ごしくださいませ」

「お初殿《はつどの》はお江《ごう》の、我《わ》が家《や》の大事《だいじ》な嫁《よめ》の大切《たいせつ》な姉上《あねうえ》……いわば家族《かぞく》じゃ。うれしいのう」

大津《おおつ》は交通《こうつう》の要衝《ようしょう》ですので、海《うみ》の幸《さち》も山《やま》の幸《さち》もなんでもそろいます。うまい酒《さけ》に加《くわ》え、彩《いろど》り豊《ゆた》かな料理《りょうり》が並《なら》ぶ膳《ぜん》を前《まえ》に家康《いえやす》は気分《きぶん》よく過《す》ごし、ふたたび東《ひがし》へ向《む》けて出発《しゅっぱつ》していきました。

けれど、その後《ご》、大変《たいへん》なことが起《お》きました。

家康《いえやす》が上方《かみがた》を離《はな》れた隙《すき》を狙《ねら》って、石田三成《いしだみつなり》が挙兵《きょへい》したのです。

「家康《いえやす》は豊臣《とよとみ》から政権《せいけん》を奪《うば》おうとしている。家康《いえやす》こそ秀吉様《ひでよしさま》の意《い》に背《そむ》く逆賊《ぎゃくぞく》ぞ！」

秀吉《ひでよし》の遺児《いじ》・秀頼《ひでより》を守《まも》るため、家康《いえやす》を討《う》とうと考《かんが》えた三成《みつなり》は秀頼《ひでより》の義理《ぎり》の叔父《おじ》にあたる高次《たかつぐ》にも味方《みかた》になるよう求《もと》めてきました。

秀頼《ひでより》の母《はは》・茶々《ちゃちゃ》はどちらかというと、五大老筆頭《ごたいろうひっとう》であることをいいことに権勢《けんせい》を振《ふ》るいはじめた家康《いえやす》よりも、秀吉《ひでよし》に陰日向《かげひなた》なく仕《つか》えた側近《そっきん》・三成《みつなり》のほうに肩入《かたい》れしているようです。

高次《たかつぐ》はもちろん、初《はつ》も大《おお》いに苦悩《くのう》しました。姉《あね》か妹《いもうと》、どちらかを選《えら》べと言《い》われているのも同然《どうぜん》だからです。

「高次様《たかつぐさま》、どちらが勝《か》っても負《ま》けても、よくないことになってしまいます」

「しかし、どちらにも味方《みかた》しないというわけにはいかない……」

考《かんが》えた末《すえ》に高次《たかつぐ》は三成《みつなり》の西軍《せいぐん》につくことを選《えら》び、その証《あかし》として熊麿《くままろ》を人質《ひとじち》として大坂《おおさか》に出《だ》してから妹婿《いもうとむこ》の朽木元綱《くつきもとつな》とともに出陣《しゅつじん》し、北国方面《ほっこくほうめん》へと向《む》かいました。

「高次様《たかつぐさま》、ご武運《ぶうん》を……！」

夫《おっと》を送《おく》り出《だ》した初《はつ》は、遠《とお》く江戸《えど》にいる江《ごう》のことを思《おも》いました。江《ごう》は今《いま》、秀忠《ひでただ》との三人目《にんめ》の子《こ》を腹《はら》に宿《やど》しているのです。

(徳川《とくがわ》が負《ま》けたら、なんとしても江《ごう》とその子《こ》どもたちの命《いのち》だけは守《まも》らなくては——)

そう覚悟《かくご》をしていた初《はつ》でしたが、事態《じたい》は思《おも》わぬ方向《ほうこう》へ急展開《きゅうてんかい》しました。

三成《みつなり》の挙兵《きょへい》を知《し》って「会津攻《あいづぜ》め」を中断《ちゅうだん》した家康《いえやす》が江戸《えど》にて兵《へい》を整《ととの》え直《なお》し、三成《みつなり》を討《う》つため西《にし》へ進軍《しんぐん》を開始《かいし》したという情報《じょうほう》を得《え》た高次《たかつぐ》が海津《かいづ》から船《ふね》に乗《の》って大津《おおつ》に戻《もど》り、家康《いえやす》の東軍《とうぐん》につくことを表明《ひょうめい》したのです。

この突然《とつぜん》の翻意《ほんい》に、竜子《たつこ》も初《はつ》もびっくりしました。

「どういうことですか、高次《たかつぐ》！」

「高次様《たかつぐさま》、あなたは大坂《おおさか》の姉上《あねうえ》を裏切《うらぎ》る気《き》なの!?」

「茶々様《ちゃちゃさま》は関係《かんけい》ない。三成《みつなり》こそ秀頼様《ひでよりさま》を担《かつ》ぎ上《あ》げ、豊臣《とよとみ》の世《よ》を牛耳《ぎゅうじ》ろうという悪人《あくにん》ぞ！」

「あなた、それ本気《ほんき》で言《い》ってるの!?」

しかし、高次《たかつぐ》は姉《あね》と妻《つま》の言葉《ことば》に耳《みみ》を塞《ふさ》ぎました。家康《いえやす》には以前《いぜん》、城《しろ》の修復《しゅうふく》の資金《しきん》を提供《ていきょう》してもらったことがあり、その恩義《おんぎ》があったのです。

熊麿《くままろ》のことが心配《しんぱい》な初《はつ》は高次《たかつぐ》とふたりきりになってから、きつく問《と》いただしました。

「高次様《たかつぐさま》、人質《ひとじち》に出《だ》した熊麿《くままろ》はどうなるのです？　あの子《こ》が死《し》んでもいいの!?」

「大坂《おおさか》にはお茶々様《ちゃちゃさま》がいる。きっと悪《わる》いようにはならない。それより初《はつ》、籠城戦《ろうじょうせん》の用意《ようい》を」

我《わ》が子《こ》の名《な》を出《だ》しても、高次《たかつぐ》の決意《けつい》は翻《ひるがえ》りません。

（ああ、もうっ！　なんでこんなことに……とにかく、やれることをやるしかないわ！）

三成《みつなり》は怒《おこ》って大津《おおつ》へ大軍《たいぐん》を差《さ》し向《む》けるでしょう。城《しろ》を守《まも》るため、京極家《きょうごくけ》を守《まも》るため、初《はつ》は腹《はら》をくくりました。驚《おどろ》いたのは大坂《おおさか》の茶々《ちゃちゃ》も同《おな》じで、初《はつ》や竜子《たつこ》を守《まも》るため、すぐに考《かんが》え直《なお》すよう使者《ししゃ》を送《おく》ってきましたが、やはり高次《たかつぐ》の意志《いし》は固《かた》く——。

9月7日《がつなのか》、大津城《おおつじょう》は一万《まん》五千《せん》もの大軍《たいぐん》に囲《かこ》まれてしまいました。

初《はつ》はたすきをかけ、腕《うで》をまくって、城《しろ》の女《おんな》たちを差配《さはい》しました。兵糧《ひょうろう》の配分《はいぶん》や武器《ぶき》の手入《てい》れ、怪我人《けがにん》が出《で》たときのための準備《じゅんび》など、やることはたくさんあります。

そして、13日《にち》の早朝《そうちょう》から総攻撃《そうこうげき》がはじまり、夕方《ゆうがた》には二の丸《まる》が落《お》ちました。残《のこ》るは初《はつ》たちが籠《こ》もる本丸《ほんまる》だけです。

「皆《みな》、怯《ひる》むでない！　本丸《ほんまる》は決《けっ》して落《お》ちぬ！」

初《はつ》は頭《あたま》に鉢巻《はちまき》をし、怖《こわ》さに震《ふる》える女《おんな》たちを鼓舞《こぶ》して回《まわ》りました。

西軍《せいぐん》に負《ま》ければ、熊麿《くままろ》の命《いのち》はきっとありません。熊麿《くままろ》を救《すく》うためにも、ここはなんとしても乗《の》り切《き》らなければならないのです。

ドォーン、ドォーン、ドォーン………！

近《ちか》くの三井寺《みいでら》から、天守《てんしゅ》を狙《ねら》って大砲《たいほう》がどんどん撃《う》ち込《こ》まれます。いつ死《し》ぬかわからない恐《きょう》怖《ふ》でいっぱいになりましたが、初《はつ》は踏《ふ》ん張《ば》りました。

（……負《ま》けるものですか！　こういうのは気《き》が弱《よわ》くなったほうが負《ま》けなのよ！）

けれど、9月《がつ》15日《にち》、早朝《そうちょう》。

大津城《おおつじょう》は開城《かいじょう》し、城《しろ》は西軍《せいぐん》に明《あ》け渡《わた》すことになってしまったのです。

❖高次《たかつぐ》の判断《はんだん》は正《ただ》しかった？❖

高次《たかつぐ》が家康《いえやす》の東軍《とうぐん》に寝返《ねがえ》った理由《りゆう》として、家康《いえやす》には城《しろ》の修理代《しゅうりだい》を出《だ》してもらった恩《おん》があるなどといわれていますが、本当《ほんとう》のところはよくわかっていません。

いずれにせよ、交通《こうつう》の要衝《ようしょう》である大津《おおつ》を東軍《とうぐん》に押《お》さえられていることは、西軍《せいぐん》にとって大《おお》きな問題《もんだい》でした。大坂城《おおさかじょう》に入《はい》っていた総大将《そうだいしょう》・毛利輝元《もうりてるもと》が城《しろ》を出《で》て家康《いえやす》と戦《たたか》うことを想定《そうてい》した場合《ばあい》、美濃《みの》へ向《む》かうには必《かなら》ず大津《おおつ》を通《とお》らなければならないからです。

そのため、石田三成《いしだみつなり》は一万《まん》五千《せん》もの大軍《たいぐん》を大津《おおつ》の攻城《こうじょう》に当《あ》たらせたのです。その一方《いっぽう》で竜子《たつこ》や初《はつ》の身《み》の安全《あんぜん》を図《はか》るため、おねや茶々《ちゃちゃ》も講和《こうわ》の使者《ししゃ》を出《だ》し、平和的《へいわてき》な開城《かいじょう》を目指《めざ》しましたが、高次《たかつぐ》の気持《きも》ちはすぐには変《か》わらず、籠城戦《ろうじょうせん》が続《つづ》いてしまったのですが……。

戦後《せんご》、大津城《おおつじょう》にて大軍《たいぐん》を引《ひ》き留《と》めた功《こう》により、家康《いえやす》は高次《たかつぐ》に若狭一国《わかさいっこく》を与《あた》えることになりますが、その反面《はんめん》、後日《ごじつ》、家康《いえやす》は「城主《じょうしゅ》に能力《のうりょく》があれば、もっと長《なが》く籠城《ろうじょう》できたはずだ」と大津城《おおつじょう》の堅牢《けんろう》さをほめつつ、高次《たかつぐ》への失望《しつぼう》も口《くち》にしています。いずれにせよ、いつも味方《みかた》するほうが負《ま》けていた高次《たかつぐ》にとって、家康方《いえやすがた》についたのは初《はじ》めての〝大当《おおあ》たり〟だといえます。

2 初《はつ》、養女《ようじょ》を迎《むか》える——慶長《けいちょう》8年《ねん》（1603年《ねん》）——

慶長《けいちょう》5年《ねん》（1600年《ねん》）9月《がつ》15日《にち》、早朝《そうちょう》。

美濃《みの》の関ヶ原《せきがはら》にて東西両軍《とうざいりょうぐん》が激突《げきとつ》した結果《けっか》、その日《ひ》の午後《ごご》、東軍《とうぐん》に軍配《ぐんばい》が上《あ》がりました。

しかし、その前《まえ》に大津城《おおつじょう》は開城《かいじょう》していたので、城《しろ》を守《まも》り切《き》ることができなかったことを恥《は》じた高次《たかつぐ》は出家《しゅっけ》して高野山《こうやさん》に入《はい》りました。ですが、「関ヶ原《せきがはら》の戦《たたか》い」の当日《とうじつ》まで大軍《たいぐん》を引《ひ》き付《つ》けておいたことを家康《いえやす》が高《たか》く評価《ひょうか》し、高次《たかつぐ》に下山《げざん》するよう再三《さいさん》、使者《ししゃ》を送《おく》ってきたのです。

家康《いえやす》の熱意《ねつい》に応《こた》えて、ようやく山《やま》を下《お》りた高次《たかつぐ》は、なんと若狭国《わかさのくに》八万《まん》五千石《せんごく》を与《あた》えられました。これまでは近江国《おうみのくに》の一部《いちぶ》だけだったのですが、今度《こんど》はまるまる一国《いっこく》です。

（熊麿《くままろ》も無事《ぶじ》に戻《もど》ってきたし、本当《ほんとう》によかった……）

けれど、竜子《たつこ》とは離《はな》れることになりました。竜子《たつこ》は出家《しゅっけ》し、京《きょう》で暮《く》らすことになったのです。

竜子《たつこ》と別《わか》れ、琵琶湖《びわこ》のほとりからも離《はな》れることになったのはつらいものがありましたが、気《き》持《も》ちを切《き》り替《か》えて、新《あたら》しい土地《とち》で生《い》きていかねばなりません。

高次《たかつぐ》は最初《さいしょ》、後瀬山城《のちせやまじょう》を居城《きょじょう》とし、その次《つぎ》に小浜城《おばまじょう》へ移《うつ》りました。

日本海側《にほんかいがわ》の若狭《わかさ》の冬《ふゆ》は厳《きび》しく、それは初《はつ》に越前《えちぜん》の冬《ふゆ》を思《おも》い出《だ》させます。

(母上《ははうえ》、私《わたし》は三度《ど》も落城《らくじょう》を経験《けいけん》してしまいました……。それもこれも、〝あの猿《さる》〟のせいだわ。

秀頼君《ひでよりぎみ》がまだ幼《おさな》いうちに死《し》んだから、こんなことになったのよ)

けれど、落城《らくじょう》ののちに加増《かぞう》されたのですから、人生《じんせい》わからないものです。

隣国《りんごく》の丹波《たんば》は高次《たかつぐ》の弟《おとうと》・高知《たかとも》に与《あた》えられ、ふたりの母《はは》・マリアは丹波《たんば》と若狭《わかさ》の国境《くにざかい》に住《す》み、布教活動《ふきょうかつどう》に勤《いそ》しんでいます。

「お初《はつ》、なにもかも神《かみ》の思《おぼ》し召《め》しなのですよ。三度《ど》もの落城《らくじょう》を生《い》き延《の》びたあなたは、神《かみ》に愛《あい》された子《こ》……。感謝《かんしゃ》しなくてはね」

マリアの話《はなし》を聞《き》くうちに、初《はつ》の心《こころ》は次第《しだい》にキリスト教《きょう》へと傾《かたむ》いていきました。

それは初《はつ》だけでなく、高次《たかつぐ》と高知《たかとも》にも及《およ》び……。このふたりに続《つづ》いて、初《はつ》もまた慶長《けいちょう》6年《ねん》(1601年《ねん》)9月《がつ》にキリスト教《きょう》の洗礼《せんれい》を京《きょう》で受《う》けたのです。


そして、時《とき》は流《なが》れ――。

慶長《けいちょう》8年《ねん》（1603年《ねん》）5月《がつ》、江《ごう》が久《ひさ》しぶりに江戸《えど》から京《きょう》まで出《で》てくることになりました。秀吉《ひでよし》の生前《せいぜん》から秀頼《ひでより》と婚約《こんやく》していた長女《ちょうじょ》の千《せん》が、ついに嫁《とつ》ぐことになったのです。千《せん》のことが心配《しんぱい》な江《ごう》は、四人目《にんめ》を宿《やど》している身体《からだ》を押《お》してまでついてきたのでした。

（江《ごう》に会《あ》うのは何年《なんねん》ぶりかしら）

初《はつ》は心《こころ》を弾《はず》ませて、さっそく江《ごう》に会《あ》いに行《い》きました。

「家康様《いえやすさま》には本当《ほんとう》に感謝《かんしゃ》しているわ。あなたが徳川《とくがわ》に嫁《とつ》いでくれたおかげよ」

家康《いえやす》はこの年《とし》の2月《がつ》、朝廷《ちょうてい》から征夷大将軍《せいいたいしょうぐん》に任命《にんめい》されました。武家《ぶけ》の頂点《ちょうてん》に立《た》ち、いずれ関白《ぱく》となる秀頼《ひでより》を盛《も》り立《た》てていくつもりなのです。此度《こたび》、千《せん》が秀頼《ひでより》に嫁《とつ》ぐのも秀吉《ひでよし》の遺言《ゆいごん》を実行《じっこう》に移《うつ》し、豊臣《とよとみ》・徳川両家《とくがわりょうけ》のますますの繁栄《はんえい》を願《ねが》ってのことなのです。

「姉様《あねさま》、なんだか雰囲気《ふんいき》が変《か》わりましたね。前《まえ》より丸《まる》くなったような気《き》が――」

「そう？」

キリスト教《きょう》を信仰《しんこう》するようになったからだと思《おも》いましたが、初《はつ》はそれにはふれず、妹《いもうと》の大《おお》きなお腹《なか》を見《み》ました。

「それより、江《ごう》はまた身《み》ごもったのね。うらやましいわ……」

「でも、姉様《あねさま》。わたし、不安《ふあん》なんです。また女子《おなご》だったら……って思《おも》うと」

江《ごう》は徳川《とくがわ》に嫁《とつ》いでから三人《にん》もの子宝《こだから》に恵《めぐ》まれましたが、産《う》んだのはすべて女児《じょじ》でした。こればかりは自分《じぶん》の思《おも》うようにはならないので、「早《はや》く嫡男《ちゃくなん》を」という周囲《しゅうい》からの重圧《じゅうあつ》にひとりで耐《た》えていたようです。

（江《ごう》にも、そんな悩《なや》みがあったのね）

うらやましいと思《おも》うばかりで、妹《いもうと》の苦《くる》しみをわかってあげられなかったことを悔《く》やんだ直後《ちょくご》、初《はつ》の頭《あたま》にふと名案《めいあん》が浮《う》かびました。

「ねえ、江《ごう》。もしそのお腹《なか》の子《こ》が女子《おなご》だったら、私《わたし》にくれないかしら？　京極家《きょうごくけ》の姫《ひめ》として立《りっ》派《ぱ》に育《そだ》ててみせるわ。あ、そうだわ！　いずれ、うちの熊麿《くままろ》の正室《せいしつ》に迎《むか》えるっていうのは、どう？　そうすれば、徳川《とくがわ》と京極《きょうごく》をつなぐことにもなるし」

江《ごう》は初《はつ》の提案《ていあん》を受《う》け入《い》れ、江戸《えど》にいる夫《おっと》・秀忠《ひでただ》に相談《そうだん》し、了承《りょうしょう》を得《え》ました。

やがて江《ごう》は京《きょう》で四人目《にんめ》の子《こ》を産《う》みました。

生《う》まれた子《こ》は女児《じょじ》でしたので、約束通《やくそくどお》り、初《はつ》がその子《こ》を引《ひ》き取《と》り、自分《じぶん》と同《おな》じ「初《はつ》」という名《な》をつけました。

（この子《こ》は浅井《あざい》の血《ち》を引《ひ》く子《こ》……。京極家《きょうごくけ》の嫁《よめ》として立派《りっぱ》に育《そだ》ててみせるわ）

小《ちい》さな姫《ひめ》を愛《いと》おしく見《み》つめ、そのやわらかな頰《ほお》をつついて初《はつ》は微笑《ほほえ》んだのでした。

❖初《はつ》の子《こ》どもたち❖

残念《ざんねん》ながら、高次《たかつぐ》との間《あいだ》についに子《こ》どもができなかった初《はつ》。ですが、彼女《かのじょ》は養子《ようし》や養女《ようじょ》を立派《りっぱ》に育《そだ》てています。

「京極忠高《きょうごくただたか》」幼名《ようみょう》、熊麿《くままろ》。母《はは》は高次《たかつぐ》の侍女《じじょ》だった山田《やまだ》氏《し》。十一歳《じゅういっさい》で元服《げんぷく》して忠高《ただたか》と名乗《なの》り、高次《たかつぐ》亡《な》きあと、数《かぞ》えで十七歳《さい》のときに京極家《きょうごくけ》の家督《かとく》を継《つ》ぎました。

「京極高政《きょうごくたかまさ》」母《はは》は小倉《おぐら》氏《し》。忠高《ただたか》より九歳下《さいした》。初《はつ》はとてもかわいがったようで、いつも膝《ひざ》の上《うえ》に乗《の》せていたとか。夜中《よなか》にむずがれば添《そ》い寝《ね》をし、上洛《じょうらく》の折《おり》に茶々《ちゃちゃ》に会《あ》わせたりしています。

「初姫《はつひめ》」江《ごう》と秀忠《ひでただ》の四女《じょ》で初《はつ》の姪《めい》。数《かぞ》えで六歳《さい》のときに忠高《ただたか》の正室《せいしつ》になりました。

「古奈姫《こなひめ》」氏家行広《うじいえゆきひろ》と高次《たかつぐ》の妹《いもうと》の娘《むすめ》（高次《たかつぐ》の姪《めい》）。父《ちち》の行広《ゆきひろ》が「関ケ原《せきがはら》の戦《たたか》い」で西軍《せいぐん》についたため敗将《はいしょう》となり一家《いっか》はバラバラに。生《う》まれたばかりの古奈姫《こなひめ》を京極家《きょうごくけ》が引《ひ》き取《と》り、長《ちょう》じて右大臣《うだいじん》の今出川経季《いまでがわつねすえ》に嫁《とつ》ぎました。経季《つねすえ》の祖父《そふ》・晴季《はるすえ》が秀吉《ひでよし》の関白就任《かんぱくしゅうにん》に力《ちから》を貸《か》したため、豊臣《とよとみ》と縁《えん》が深《ふか》く、茶々《ちゃちゃ》がこの結婚《けっこん》を勧《すす》めたといわれています。

戦国姫《せんごくひめ》

―初《はつ》の物《もの》語《かたり》―

翼《つばさ》の章《しょう》

1　大坂冬《おおさかふゆ》の陣《じん》にて講和《こうわ》の使者《ししゃ》を務《つと》める——慶長《けいちょう》19年《ねん》（1614年《ねん》）——

秀頼《ひでより》と千《せん》が結婚《けっこん》した翌年《よくとし》の慶長《けいちょう》9年《ねん》（1604年《ねん》）7月《がつ》17日《にち》、江《ごう》は待望《たいぼう》の男児《だんじ》を産《う》みました。これがのちの家光《いえみつ》です。初《はつ》もとても喜《よろこ》び、さっそくお祝《いわ》いの品《しな》を江戸《えど》へ送《おく》りました。

けれど、その翌年《よくとし》の慶長《けいちょう》10年《ねん》（1605年《ねん》）4月《がつ》。上方《かみがた》は騒然《そうぜん》となりました。家康《いえやす》と秀忠《ひでただ》が大軍《たいぐん》を率《ひき》いて江戸《えど》から京《きょう》へ上《のぼ》ってきたのです。それは秀忠《ひでただ》の第《だい》二代将軍宣下《だいしょうぐんせんげ》を行《おこな》うためでした。鎌倉幕府《かまくらばくふ》を開《ひら》いた源頼朝《みなもとのよりとも》の故事《こじ》に則《のっと》って兵《へい》を率《ひき》いてきたのですが、それは徳川《とくがわ》の権勢《けんせい》を世《よ》の中《なか》に見《み》せつけるためと、「秀頼《ひでより》が長《ちょう》じても政権《せいけん》は豊臣《とよとみ》へ返《かえ》さない」ということを暗《あん》に意味《いみ》していました。

千《せん》を嫁《とつ》がせたのは、本当《ほんとう》は二年前《ねんまえ》に家康《いえやす》が将軍職《しょうぐんしょく》に就《つ》いたことに不満《ふまん》を覚《おぼ》えた茶々《ちゃちゃ》をはじめとする豊臣方《とよとみがた》の勢力《せいりょく》を黙《だま》らせるためだったのです。

その後《ご》、家康《いえやす》はどんどん秀頼《ひでより》をないがしろにするようになっていき——。そんな不穏《ふおん》な情勢《じょうせい》の中《なか》、慶長《けいちょう》14年《ねん》（１６０９年《ねん》）5月3日《がつみっか》、夫《おっと》の高次《たかつぐ》が四十七歳《さい》の若《わか》さで亡《な》くなりました。

（高次様《たかつぐさま》と結婚《けっこん》して二十二年《ねん》……。いろいろあったけど、私《わたし》、しあわせだったわ）

長年連《ながねんつ》れ添《そ》った夫《おっと》に感謝《かんしゃ》しつつ初《はつ》は出家《しゅっけ》し、常光院《じょうこういん》と号《ごう》することになりました。京極家《きょうごくけ》は嫡《ちゃく》男《なん》の忠高《ただたか》（かつての熊麿《くままろ》）が家督《かとく》を継《つ》いだので、ひと安心《あんしん》です。そして、いずれ、今《いま》はまだ六歳《さい》の養女《ようじょ》・初姫《はつひめ》が大《おお》きくなって忠高《ただたか》の子《こ》を産《う》むでしょう。

孫《まご》を抱《だ》く日《ひ》を夢見《ゆめみ》ながら、胸《むね》の中《なか》でひそかにキリスト教《きょう》を信仰《しんこう》しつつ、初《はつ》は心静《こころしず》かに暮《く》らしていたのですが――。

やがて、豊臣《とよとみ》と徳川《とくがわ》の戦《いくさ》は避《さ》けられぬものとなり……。

慶長《けいちょう》19年《ねん》（１６１４年《ねん》）11月《がつ》。

二十万《まん》もの徳川《とくがわ》の大軍《たいぐん》が、茶々《ちゃちゃ》たちのいる大坂城《おおさかじょう》を囲《かこ》んでしまったのです。

徳川軍《とくがわぐん》二十万《まん》に対《たい》し、籠城戦《ろうじょうせん》に出《で》た豊臣軍《とよとみぐん》は十万《まん》。

このとき、初《はつ》は大坂城《おおさかじょう》に入《はい》っていました。京極家《きょうごくけ》は徳川方《とくがわがた》ですが、初《はつ》は茶々《ちゃちゃ》や秀頼《ひでより》、そして秀頼《ひでより》の正室《せいしつ》となった江《ごう》の長女《ちょうじょ》・千《せん》が心配《しんぱい》でそばにいることを決《き》めたのです。

天下《てんか》の名城《めいじょう》と謳《うた》われた大坂城《おおさかじょう》は無双《むそう》の要害《ようがい》で、西《にし》、北《きた》、東《ひがし》の三方《さんぽう》に川《かわ》が流《なが》れています。

その三方《さんぽう》から攻《せ》めるには川《かわ》を渡《わた》る必要《ひつよう》があり、もたついていると城内《じょうない》から矢《や》や鉄砲《てっぽう》で狙《ねら》われる恐《おそ》れがあります。南《みなみ》は少《すこ》し坂《さか》があるだけで川《かわ》はないのですが、その代《か》わりに大《おお》きな空堀《からぼり》を掘《ほ》り、塀《へい》や櫓《やぐら》を設《もう》けて警戒《けいかい》を強《つよ》めていました。

その南側《みなみがわ》が弱点《じゃくてん》といえば弱点《じゃくてん》ですので、豊臣方《とよとみがた》の武将《ぶしょう》・真田幸村《さなだゆきむら》がそこに「真田丸《さなだまる》」と名付《なづ》けた出丸《でまる》を築《きず》き、敵《てき》を一手《いって》に引《ひ》き受《う》けることを申《もう》し出《で》ました。この作戦《さくせん》は見事《みごと》に当《あ》たり、引《ひ》き寄《よ》せられた徳川軍《とくがわぐん》は大量《たいりょう》に戦死者《せんししゃ》を出《だ》したのです。

これによって豊臣《とよとみ》の士気《しき》は上《あ》がり――。

「戦《いくさ》に勝《か》ち、我《わ》が豊臣《とよとみ》に政権《せいけん》を取《と》り戻《もど》すのだ！」

茶々《ちゃちゃ》は甲冑《かっちゅう》を身《み》に纏《まと》い、兵《へい》たちを鼓舞《こぶ》して回《まわ》りました。

「こうなれば、脅《おど》しをかけよ！」

大坂城《おおさかじょう》を攻《せ》めあぐねた家康《いえやす》は戦法《せんぽう》を変《か》えてきました。昼夜《ちゅうや》を問《と》わず、城《しろ》に向《む》かって大砲《たいほう》を撃《う》ち続《つづ》けることにしたのです。

ドォーン、ドォーン、ドォーン……。

これは京《きょう》までも届《とど》く轟音《ごうおん》でしたので、城《しろ》の中《なか》にいる者《もの》たちはたまりません。特《とく》に女《おんな》たちは恐《きょう》怖《ふ》で身《み》を寄《よ》せ合《あ》っています。

「おば上《うえ》、おじい様《さま》は豊臣《とよとみ》を滅《ほろ》ぼすおつもりなのでしょうか……？」

かわいそうに、千《せん》の肩《かた》は小刻《こきざ》みに震《ふる》えていました。

千《せん》は家康《いえやす》の孫《まご》にあたります。祖父《そふ》が自分《じぶん》に向《む》けて大砲《たいほう》を撃《う》っているような気《き》がして、悲《かな》しくてたまらないのでしょう。

「大丈夫《だいじょうぶ》ですよ。徳川《とくがわ》はあなたの実家《じっか》ですもの。決《けっ》して悪《わる》いようにはなりません」

そう励《はげ》ましてから、初《はつ》は周《まわ》りで震《ふる》えている侍女《じじょ》たちを大《おお》きな声《こえ》で励《はげ》ましました。

「皆《みな》の者《もの》、落《お》ち着《つ》くのです。これは単《たん》なる威嚇《いかく》。徳川《とくがわ》はなかなかこの大坂城《おおさかじょう》を攻《せ》め落《お》とすことができないので、講和《こうわ》に持《も》ち込《こ》もうと必死《ひっし》なのですよ」

(大津城《おおつじょう》のときもそうだったわ。あのときと敵《てき》は違《ちが》うけれど、やはり大砲《たいほう》で威嚇《いかく》して、こちらを降伏《こうふく》させようと必死《ひっし》だった……だから、徳川《とくがわ》も必死《ひっし》なのよ)

初《はつ》がそう思《おも》ったとき、甲冑《かっちゅう》に身《み》を包《つつ》んだ茶々《ちゃちゃ》も大声《おおごえ》で言《い》いました。

「初《はつ》の言《い》うとおり、家康《いえやす》は焦《あせ》っているのです。戦《たたか》いが長引《ながび》けば、その分《ぶん》、徳川方《とくがわがた》の戦力《せんりょく》も消耗《しょうもう》します。ですから――」

そのときでした。ドォーン、という轟音《ごうおん》とともに、茶々《ちゃちゃ》の近《ちか》くに砲弾《ほうだん》が落《お》ち、壁《かべ》や柱《はしら》を打《う》ち砕《くだ》いたのです。

幸《さいわ》い、初《はつ》たちは無事《ぶじ》でしたが、侍女《じじょ》が数人《すうにん》、犠牲《ぎせい》になりました。

これがきっかけとなり、数日後《すうじつご》、豊臣《とよとみ》と徳川《とくがわ》は和議《わぎ》を結《むす》ぶ運《はこ》びとなったのです。


徳川《とくがわ》が豊臣方《とよとみがた》の講和《こうわ》の使者《ししゃ》として指名《しめい》してきたのは、初《はつ》でした。

徳川方《とくがわがた》からは家康《いえやす》の側室《そくしつ》・阿茶局《あちゃのつぼね》が使者《ししゃ》に立《た》つと申《もう》し入《い》れてきました。この時代《じだい》、女性《じょせい》がそういった場所《ばしょ》に赴《おもむ》くのは、極《きわ》めて異例《いれい》なことです。

(家康様《いえやすさま》は次女《じじょ》の私《わたし》に、姉《あね》と妹《いもうと》をつなぐ架《か》け橋《はし》になれと言《い》っているのだわ)

姉《あね》の豊臣《とよとみ》、妹《いもうと》の徳川《とくがわ》……。

その間《あいだ》を取《と》り持《も》てる立場《たちば》の人間《にんげん》として、三姉妹《しまい》の真《ま》ん中《なか》である初《はつ》はいちばんの適任者《てきにんしゃ》でした。

「初《はつ》、頼《たの》むわね」

「はい、姉上《あねうえ》。もう戦《いくさ》はこりごりですもの」

そうして、講和《こうわ》の話《はな》し合《あ》いをするため、初《はつ》は大坂城《おおさかじょう》を出《で》ました。

会見場所《かいけんばしょ》は初《はつ》の義息《むすこ》・京極忠高《きょうごくただたか》の陣営《じんえい》でした。初《はつ》が緊張《きんちょう》せずに臨《のぞ》めるようにとの、家康《いえやす》のはからいでしょう。

「義母上《ははうえ》、ご無事《ぶじ》でなによりでございます」

「忠高《ただたか》、あなたも元気《げんき》そうでなによりだわ」

(姉上《あねうえ》と江《ごう》、そして、千《せん》のためにも気《き》を引《ひ》き締《し》めて臨《のぞ》まねば――……)

12月《がつ》19日《にち》。和睦《わぼく》のしるしに「大坂城《おおさかじょう》の外堀《そとぼり》を埋《う》めること」などの条件《じょうけん》が出《だ》され、二日間《ふつかかん》の話《はな》し合《あ》いの結果《けっか》、講和《こうわ》の条件《じょうけん》がまとまりました。そして、三日後《みっかご》に豊臣《とよとみ》と徳川《とくがわ》が誓紙《せいし》を交《か》わして正式《せいしき》に和睦《わぼく》を結《むす》び、徳川《とくがわ》はようやく兵《へい》を引《ひ》き上《あ》げることになったのです。

「初《はつ》、ご苦労様《くろうさま》でした。これでもう大丈夫《だいじょうぶ》ね」

「ええ、姉上《あねうえ》。これで江戸《えど》の江《ごう》も安心《あんしん》してくれると思《おも》うわ」

外堀《そとぼり》を埋《う》めても内堀《うちぼり》があります。それに外堀《そとぼり》を埋《う》めるのは時間《じかん》がかかります。その間《あいだ》に老齢《ろうれい》の家康《いえやす》が亡《な》くなり、状況《じょうきょう》は変《か》わるでしょう。

しかし、これはいっとき、海《うみ》が凪《な》いだような状態《じょうたい》になっただけに過《す》ぎず……。

翌年《よくとし》の夏《なつ》、ふたたび戦《いくさ》に突入《とつにゅう》してしまうのです。

❖狸《たぬき》じじいの罠《わな》❖

男《おとこ》がはじめた戦《いくさ》を、女《おんな》がやめさせるという日本史上《にほんしじょう》、稀《まれ》にみる戦《いくさ》となった「大坂冬《おおさかふゆ》の陣《じん》」。その事実《じじつ》から、初《はつ》が立《た》った講和交渉《こうわこうしょう》のことを「女房講和《にょうぼうこうわ》」ともいいます。当時《とうじ》、和平交渉《わへいこうしょう》の使者《ししゃ》には俗世《ぞくせ》を離《はな》れた僧侶《そうりょ》が立《た》つことが多《おお》く、三姉妹《しまい》の次女《じじょ》というだけでなく、出家《しゅっけ》の身《み》である初《はつ》はうってつけだったのです。

交渉《こうしょう》は二日間《ふつかかん》にわたり、ようやく和睦《わぼく》が成立《せいりつ》。家康《いえやす》が全軍《ぜんぐん》に停止命令《ていしめいれい》を出《だ》した12月20日《がつはつか》の晩《ばん》、初《はつ》は緞子三十反《どんすさんじゅったん》などの手土産《てみやげ》を持《も》って、家康《いえやす》の本陣《ほんじん》へ向《む》かい、家康《いえやす》の誓紙《せいし》を受《う》け取《と》りました。二日後《ふつかご》には阿茶局《あちゃのつぼね》が大坂城《おおさかじょう》を訪《おとず》れて秀頼《ひでより》の誓紙《せいし》を受《う》け取《と》り、ここに和平交渉《わへいこうしょう》が完全《かんぜん》に成立《せいりつ》したのですが——。早《はや》くも翌日《よくじつ》から徳川方《とくがわがた》は外堀《そとぼり》を埋《う》めはじめ、25日《にち》には「お手伝《てつだ》い」と称《しょう》して、豊臣方《とよとみがた》が行《おこな》うはずだった三の丸《まる》の堀《ほり》の埋《う》め戻《もど》しにかかっています。家康《いえやす》は本陣《ほんじん》を引《ひ》き払《はら》う際《さい》、「堀《ほり》は三歳児《さいじ》が上《のぼ》り下《お》りできるほど埋《う》めてしまえ」と笑《わら》って命《めい》じていったとか。

結局《けっきょく》、どんなに秀頼《ひでより》が優秀《ゆうしゅう》でも戦《いくさ》の経験《けいけん》のない若者《わかもの》を追《お》い詰《つ》めるのは、老獪《ろうかい》な家康《いえやす》にとって赤子《あかご》の手《て》をひねるようなものだったのです。

2 大坂夏《おおさかなつ》の陣《じん》・大坂城落城《おおさかじょうらくじょう》
——慶長《けいちょう》20年《ねん》（1615年《ねん》）——

（アンの……狸《たぬき》じじい！）

城《しろ》の外《そと》に目《め》を向《む》け、初《はつ》は怒《いか》りで震《ふる》えていました。こんなに怒《おこ》ったのは初《はじ》めてかもしれません。

徳川《とくがわ》はまず、さんざん煮《に》え湯《ゆ》を飲《の》まされた真田丸《さなだまる》を潰《つぶ》し、その次《つぎ》に外堀《そとぼり》を埋《う》めるだけでなく、三の丸《まる》や二の丸《まる》を囲《かこ》む内堀《うちぼり》まで埋《う》めてしまったのです。

もちろん、豊臣《とよとみ》は「話《はなし》が違《ちが》う」と抗議《こうぎ》しましたが、徳川《とくがわ》は無視《むし》してきました。

しかも、工事奉行《こうじぶぎょう》は初《はつ》の義息《むすこ》・京極忠高《きょうごくただたか》でしたので、腹《はら》を立《た》てた初《はつ》は使者《ししゃ》を遣《つか》わして文句《もんく》を言《い》いましたが、

「私《わたし》の立場《たちば》もわかってください。京極家《きょうごくけ》は徳川《とくがわ》の家臣《かしん》なのです。義母上《ははうえ》が城《しろ》にいるとわかっていてもやるしかないのです」

と苦《くる》しい答《こた》えが返《かえ》ってきて、初《はつ》は忠高《ただたか》に対《たい》し、申《もう》し訳《わけ》なく思《おも》いました。

(京極家《きょうごくけ》を潰《つぶ》すわけにはいかない……。けれど、姉上《あねうえ》を見捨《みす》てることは私《わたし》にはできないわ)

初《はつ》にできることは、茶々《ちゃちゃ》たちのそばにいることだけです。

そして、年《とし》が明《あ》けて、慶長《けいちょう》20年《ねん》(1615年《ねん》)1月下旬《がつげじゅん》。大坂城《おおさかじょう》は本丸《ほんまる》を残《のこ》し、丸裸《まるはだか》にされてしまいました。

「これでは籠城《ろうじょう》は無理《むり》だ!」

「家康《いえやす》は最初《さいしょ》からこれを狙《ねら》っていたのだな」

「徳川《とくがわ》はふたたび攻《せ》めてくるに違《ちが》いない!」

豊臣方《とよとみがた》は兵糧《ひょうろう》を買《か》い集《あつ》め、軍備《ぐんび》を整《ととの》えはじめました。

一方《いっぽう》、家康《いえやす》は4月《がつ》に入《はい》ってから、尾張《おわり》の名古屋城《なごやじょう》へ向《む》かいました。名古屋城《なごやじょう》の城主《じょうしゅ》で家康《いえやす》の九男《なん》・義直《よしなお》の婚儀《こんぎ》に出《で》るためです。

初《はつ》は4月10日《がつとおか》、名古屋城《なごやじょう》にて家康《いえやす》と会《あ》いました。初《はつ》は豊臣《とよとみ》からのお祝《いわ》いの使者《ししゃ》として、茶々《ちゃちゃ》の乳母《うば》・大蔵卿局《おおくらきょうのつぼね》のほか家臣《かしん》の青木一重《あおきかずしげ》とともに名古屋《なごや》まで来《き》たのです。

「このたびは、まことにおめでとうございます」

しかし、お祝《いわ》いを述《の》べた初《はつ》たちに対《たい》し、家康《いえやす》はこう言《い》いました。

「大坂城《おおさかじょう》にはいまだに浪人《ろうにん》どもが詰《つ》めていると聞《き》く。放逐《ほうちく》しないのはどういうわけだ? 豊臣《とよとみ》はふたたび戦《いくさ》をするつもりなのであろう？」

（コンの、狸《たぬき》じじい！　よくもぬけぬけと！　城《しろ》から浪人《ろうにん》たちを出《だ》したら、簡単《かんたん》に徳川《とくがわ》に攻《せ》め落《お》とされるじゃないの！　あんたはそれを狙《ねら》ってるんでしょ!?）

怒《いか》り心頭《しんとう》に発《はっ》しましたが、初《はつ》は口《くち》には出《だ》さず、婚儀《こんぎ》の祝《いわ》いだけ述《の》べて下《さ》がりました。ここで家康《いえやす》と喧嘩《けんか》してしまったら、忠高《ただたか》に迷惑《めいわく》がかかるからです。

家康《いえやす》は名古屋《なごや》での婚儀《こんぎ》を見届《みとど》けたのち、4月《がつ》22日《にち》、京《きょう》の二条城《にじょうじょう》に入《はい》りました。初《はつ》はまた茶々《ちゃちゃ》と秀頼《ひでより》の使者《ししゃ》として大坂《おおさか》から向《む》かい、家康《いえやす》に会《あ》いました。

「家康様《いえやすさま》、関ヶ原《せきがはら》の戦《いくさ》の前《まえ》に大津城《おおつじょう》へ立《た》ち寄《よ》られたときのことを覚《おぼ》えておいででしょうか。あのとき、家康様《いえやすさま》は私《わたし》のことを家族《かぞく》だとおっしゃってくださいました。ならば、姉上《あねうえ》や秀頼《ひでより》も同《おな》じこと。それに、秀頼《ひでより》はあなた様《さま》の孫娘《まごむすめ》、千《せん》の夫《おっと》なのですよ？　千《せん》を悲《かな》しませないためにもどうか——」

「お初殿《はつどの》。ご苦労《くろう》であったな。豊臣《とよとみ》には秀頼公《ひでよりこう》の国替《くにが》えか浪人《ろうにん》の放逐《ほうちく》か、どちらかを選《えら》ぶよう伝《つた》えてくだされ」

家康《いえやす》は笑顔《えがお》で初《はつ》にそう言《い》いましたが、目《め》が笑《わら》っていませんでした。

（この顔《かお》は……やっぱり豊臣《とよとみ》を滅《ほろ》ぼすつもりね）

初《はつ》は家康《いえやす》から提示《ていじ》された条件《じょうけん》を大坂《おおさか》へ持《も》ち帰《かえ》り、茶々《ちゃちゃ》と秀頼《ひでより》に伝《つた》えました。

「そんなこと、受《う》け入《い》れられるわけがないじゃない！」

「家康《いえやす》は信用《しんよう》できません。残念《ざんねん》ですが……」

戦《いくさ》はもはや避《さ》けられず――。

（人生《じんせい》四度目《どめ》の籠城戦《ろうじょうせん》……やってやろうじゃないの）

茶々《ちゃちゃ》や秀頼《ひでより》を守《まも》るため、初《はつ》は大坂城《おおさかじょう》に残《のこ》ることを決《き》めたのです。

豊臣《とよとみ》からの回答《かいとう》を得《え》られなかった家康《いえやす》は、ふたたび大軍《たいぐん》を率《ひき》いて大坂《おおさか》へ進軍《しんぐん》してきました。
迎《むか》え撃《う》つ豊臣《とよとみ》は八万《まん》。徳川《とくがわ》は十五万《まん》です。
前回《ぜんかい》の「大坂冬《おおさかふゆ》の陣《じん》」は籠城戦《ろうじょうせん》でしたので、兵力差《へいりょくさ》があってもしのげたのですが、今回《こんかい》は違《ちが》います。堀《ほり》をすべて埋《う》められてしまったため、野戦《やせん》に打《う》って出《で》るしかなくなったのです。

豊臣方《とよとみがた》は各方面《かくほうめん》から進軍《しんぐん》してくる徳川軍《とくがわぐん》を各個撃破《かっこげきは》するべく、次々《つぎつぎ》と戦《いくさ》に向《む》かいましたが、ことごとく討《う》ち破《やぶ》られ――。

後藤又兵衛《ごとうまたべえ》などの名《な》だたる武将《ぶしょう》たちも討《う》ち死《じ》にしてしまい、5月《がつ》7日《か》、ついに大坂城総攻撃《おおさかじょうそうこうげき》がはじまりました。

この日《ひ》、大坂城《おおさかじょう》は落《お》ちませんでしたが、家康《いえやす》の本陣《ほんじん》に三度《ど》もの突撃《とつげき》をかけた真田幸村《さなだゆきむら》も戦死《せんし》するに至《いた》り、秀頼《ひでより》が覚悟《かくご》を決《き》めました。

「母上《ははうえ》、もはやこれまでと存《ぞん》じます。潔《いさぎよ》く果《は》てましょう」

茶々《ちゃちゃ》もうなずき、そばにいた初《はつ》と千《せん》を見《み》ました。

「そなたたちは城《しろ》を出《で》て、家康殿《いえやすどの》のところへお行《い》きなさい。私《わたし》たち親子《おやこ》と運命《うんめい》をともにすることはありません」

「姉上《あねうえ》……」

「義母上《ははうえ》……！　嫌《いや》です、わたしは秀頼様《ひでよりさま》の妻《つま》。最後《さいご》まで一緒《いっしょ》におります！」

千《せん》は泣《な》きながらそう訴《うった》えましたが、家臣《かしん》の大野治長《おおのはるなが》の進言《しんげん》で、秀頼《ひでより》と茶々《ちゃちゃ》の助命嘆願《じょめいたんがん》に向《む》かうという名目《めいもく》で城《しろ》を出《で》て、家康《いえやす》の本陣《ほんじん》へ向《む》かうことになりました。

（あの狸《たぬき》が今《いま》さら助命嘆願《じょめいたんがん》など聞《き》いてくれるかしら……）

初《はつ》は城内《じょうない》を歩《ある》きながら、なんとか和議《わぎ》に持《も》ち込《こ》めないものかと考《かんが》えていましたが、あちこち見《み》て回《まわ》るうちに、なつかしさがこみ上《あ》げてきました。

この大坂城《おおさかじょう》は京極家《きょうごくけ》へ嫁《よめ》に行《い》くまで暮《く》らしたところです。

(あんまり考《かんが》えたことはなかったけど……。ここは私《わたし》の故郷《こきょう》だったのね)

秀吉《ひでよし》のことは最後《さいご》まで好《す》きになれませんでしたが——。

次《つぎ》の瞬間《しゅんかん》、初《はつ》ははっと目《め》を見開《みひら》き、小走《こばし》りになりました。浪人《ろうにん》たちの中《なか》に知《し》った顔《かお》を見《み》つけたからです。

「喜八郎《きはちろう》！　喜八郎《きはちろう》じゃないの？」

「あ……」

疲《つか》れ切《き》った顔《かお》でこちらを見上《みあ》げたのは、弟《おとうと》の喜八郎《きはちろう》に間違《まちが》いありませんでした。

「あなた、どうして——」

「姉上《あねうえ》たちのお役《やく》に少《すこ》しでも立《た》ちたくて、馳《は》せ参《さん》じたのです」

けれど、これまで初《はつ》も茶々《ちゃちゃ》も弟《おとうと》がこの城《しろ》に入《はい》っていることなど知《し》りませんでした。

喜八郎《きはちろう》は秀吉《ひでよし》の弟《おとうと》・秀長《ひでなが》の死後《しご》は、のちに五奉行《ごぶぎょう》のひとりとなった増田長盛《ましたながもり》に仕《つか》えていました。そのあとは生駒親正《いこまちかまさ》に拾《ひろ》われ、「関ヶ原《せきがはら》の戦《たたか》い」ののちは、その息子《むすこ》の一正《かずまさ》について四国《しこく》の讃岐《さぬき》に流《なが》れ、なんとか武士《ぶし》として生《い》きながらえていました。しかし、それは姉《あね》たちが夢見《ゆめみ》る「浅井家再興《あざいけさいこう》」には程遠《ほどとお》かったため、それを恥《は》じていたのでしょう。

「いるならいると言《い》えばいいのに」

「いえ、私《わたし》は茶々様《ちゃちゃさま》や秀頼様《ひでよりさま》の御前《ごぜん》に出《で》られる身分《みぶん》ではありませぬゆえ……」

どこまでも控《ひか》えめな弟《おとうと》を見《み》ているうちに、初《はつ》の胸《むね》にある思《おも》いが浮《う》かんできました。

「あなたは城《しろ》を出《で》なさい。死《し》んではなりません。お家再興《いえさいこう》などはもう考《かんが》えなくていいから、とにかく浅井《あざい》の血《ち》を絶《た》やさないよう生《い》き延《の》びるのです」

「え……いや、しかし……」

喜八郎《きはちろう》はなかなか首《くび》を縦《たて》に振《ふ》りませんでしたが、初《はつ》の説得《せっとく》を受《う》け入《い》れ、ようやく城《しろ》から落《お》ちていきました。

(父上《ちちうえ》、これでいいですよね？　私《わたし》は私《わたし》なりのやり方《かた》で浅井《あざい》の血筋《ちすじ》をひとつ守《まも》りましたよ)

初《はつ》は亡《な》き長政《ながまさ》に心《こころ》の中《なか》で問《と》いかけ、茶々《ちゃちゃ》たちのところへ戻《もど》りました。

そして、翌日《よくじつ》の5月8日《がつようか》。

城《しろ》のどこかから火《ひ》の手《て》が上《あ》がり――落城《らくじょう》はもはや時間《じかん》の問題《もんだい》となりました。

大坂城《おおさかじょう》の曲輪《くるわ》のひとつ、山里曲輪《やまざとぐるわ》にある糒庫《ほしいぐら》に立《た》てこもった茶々《ちゃちゃ》と秀頼《ひでより》はいよいよ覚悟《かくご》を決《き》め、最後《さいご》までついてきてくれた大蔵卿局《おおくらきょうのつぼね》やその息子《むすこ》・大野治長《おおのはるなが》をはじめとする大勢《おおぜい》の者《もの》たちに礼《れい》を言《い》いました。

「皆《みな》、疲《つか》れたでしょう。これまでご苦労様《くろうさま》でした」

「茶々様《ちゃちゃさま》……ああ……」

大蔵卿局《おおくらきょうのつぼね》が泣《な》き崩《くず》れ、侍女《じじょ》たちのすすり泣《な》きが庫《くら》の中《なか》に広《ひろ》がっていきます。

そして、茶々《ちゃちゃ》は初《はつ》に向《む》き直《なお》りました。

「初《はつ》、あなたも城《しろ》から出《で》てちょうだい」

「姉上《あねうえ》？　私《わたし》も千《せん》が戻《もど》るまで待《ま》ちます。一緒《いっしょ》に城《しろ》を出《で》ましょう」

千《せん》はきっと家康《いえやす》のもとに留《と》め置《お》かれているはずです。かわいい孫娘《まごむすめ》を取《と》り戻《もど》したあの狸《たぬき》が危険《きけん》な戦場《いくさば》に戻《もど》すはずがないとわかりつつ、初《はつ》はすがるような目《め》で茶々《ちゃちゃ》を見《み》ましたが、茶々《ちゃちゃ》はゆるく首《くび》を振《ふ》りました。

「初《はつ》、今《いま》までありがとう。あなたがそばにいてくれたから、私《わたし》はいろんなことに耐《た》えてこられたのよ。あなたが一緒《いっしょ》に死《し》ぬことはないの。あなたには生《い》き延《の》びてほしい……。江《ごう》によろしく伝《つた》えてね。徳川《とくがわ》とは敵同士《てきどうし》になってしまったけれど、江《ごう》のことは決《けっ》して恨《うら》んでないと」

「姉上《あねうえ》……ああ、姉上《あねうえ》……」

茶々《ちゃちゃ》にすがりつき、初《はつ》は大粒《おおつぶ》の涙《なみだ》をぼろぼろとこぼしました。


大好《だいす》きな姉《あね》とお別《わか》れしたあと、初《はつ》は幼《おさな》い姫《ひめ》を連《つ》れて大坂城《おおさかじょう》から落《お》ちることにしました。初《はつ》が預《あず》かったのは秀頼《ひでより》と側室《そくしつ》の間《あいだ》に生《う》まれた、まだ七歳《さい》の奈阿姫《なあひめ》です。

(この子《こ》は私《わたし》が守《まも》ってみせる！　この子《こ》にも浅井《あざい》の血《ち》が流《なが》れているんだもの)

逃《に》げる途中《とちゅう》で倒《たお》れてきた建材《けんざい》に当《あ》たり、足《あし》を怪我《けが》した初《はつ》は京極家《きょうごくけ》の家臣《かしん》におぶわれ、燃《も》え盛《さか》る大坂城《おおさかじょう》からなんとか脱《だっ》し——。

京橋口《きょうばしぐち》に布陣《ふじん》している忠高《ただたか》の陣営《じんえい》を目指《めざ》しましたが、その前《まえ》に奈阿《なあ》を家臣《かしん》に命《めい》じて別《べつ》のところへ匿《かくま》うように指示《しじ》しました。豊臣《とよとみ》の姫《ひめ》を徳川《とくがわ》の家臣《かしん》である忠高《ただたか》のところへ連《つ》れて行《い》けば、迷惑《めいわく》がかかるからです。京極家《きょうごくけ》を守《まも》ることも、初《はつ》には大事《だいじ》なことでした。

農家《のうか》で休憩《きゅうけい》を取《と》っていると、迎《むか》えの輿《こし》が来《き》たので初《はつ》はそれに乗《の》り、忠高《ただたか》に会《あ》いに行《い》きました。

「義母上《ははうえ》、よくぞご無事《ぶじ》で……！」

「忠高《ただたか》、お願《ねが》いがあるの」

初《はつ》はすぐに、大坂城《おおさかじょう》からともに落《お》ちてきた侍女《じじょ》たちの処遇《しょぐう》について相談《そうだん》しました。

忠高《ただたか》を通《つう》じて徳川《とくがわ》からの返答《へんとう》を待《ま》つ間《あいだ》、初《はつ》は大坂城《おおさかじょう》の方向《ほうこう》を振《ふ》り仰《あお》ぎ、夕空《ゆうぞら》をさらに赤《あか》く染《そ》める様子《ようす》を見《み》てひたすら手《て》を合《あ》わせ、

(姉上《あねうえ》、秀頼《ひでより》……)

涙《なみだ》を流《なが》しながら、ふたりの冥福《めいふく》を祈《いの》りました。

燃《も》え盛《さか》る城《しろ》を見《み》ていると、北《きた》ノ《の》庄城《しょうじょう》の落城《らくじょう》を思《おも》い出《だ》します。あのときも炎《ほのお》の中《なか》で母《はは》のお市《いち》と義《ち》父《ち》の勝家《かついえ》が果《は》てたのです。

(どうか、安《やす》らかにお眠《ねむ》りください……)

しばらくして家康《いえやす》からの返答《へんとう》が届《とど》き、それを受《う》け取《と》ると初《はつ》は急《いそ》いで皆《みな》が待《ま》つ農家《のうか》に取《と》って返《かえ》しました。

そして、到着《とうちゃく》するやいなや輿《こし》から出《で》ないうちに、

「家康様《いえやすさま》からの許可《きょか》が出《で》たわ。『侍女《じじょ》たちは望《のぞ》みのところへ去《さ》ってよい』との仰《おお》せよ。安心《あんしん》して好《す》きなところへ行《い》ってちょうだい」

と待《ま》っていた侍女《じじょ》たちに告《つ》げると、わあっ、と歓声《かんせい》が上《あ》がりました。

笑《わら》って喜《よろこ》ぶ者《もの》、泣《な》き崩《くず》れる者《もの》……さまざまでしたが、初《はつ》はひとりひとり丁寧《ていねい》に対応《たいおう》し、紹介《しょうかい》状《じょう》が必要《ひつよう》な場合《ばあい》はすぐにしたためて持《も》たせてやりました。

その中《なか》にいつのまに紛《まぎ》れたのか、茶々《ちゃちゃ》に仕《つか》えていたお菊《きく》という侍女《じじょ》がいて、「京極竜子様《きょうごくたつこさま》のところへ行《い》きたい」と言《い》いましたので、これももちろん紹介状《しょうかいじょう》を書《か》いてやりました。

「竜子様《たつこさま》にくれぐれもよろしく伝《つた》えてね」

「……はい！　常光院様《じょうこういんさま》、ありがとうございました」

お菊《きく》たちが去《さ》っていくと、初《はつ》はどっと疲《つか》れを覚《おぼ》えました。すると、怪我《けが》をした足《あし》が痛《いた》みはじめました。今《いま》まで気《き》が張《は》っていたため、忘《わす》れていたのです。

「ふ――……」

くらり、とめまいを起《お》こすと、初《はつ》の侍女《じじょ》――小少将《こしょうしょう》がとっさに支《ささ》えました。

「大丈夫《だいじょうぶ》ですか、常光院様《じょうこういんさま》。早《はや》く忠高様《ただたかさま》の陣営《じんえい》に戻《もど》ったほうが――」

「そうね……。それにしても、とても長《なが》い一日《にち》だったわ……。人生《じんせい》で四度《ど》も落城《らくじょう》を経験《けいけん》した女《おんな》は、そうそういないでしょうね……」

自嘲気味《じちょうぎみ》に笑《え》みを浮《う》かべ、

(マリアの義母上《ははうえ》がここにいらしたら、きっとまた〝神《かみ》の思《おぼ》し召《め》し〟ですよって言《い》うわね)

四度目《どめ》も生《い》き延《の》びることができたことに、初《はつ》は運命《うんめい》の不思議《ふしぎ》を感《かん》じたのでした。

❖屏風図《びょうぶず》に描《えが》かれた初《はつ》❖

大坂城落城《おおさかじょうらくじょう》が迫《せま》り、姉《あね》・茶々《ちゃちゃ》のそばを離《はな》れて脱出《だっしゅつ》した初《はつ》。姉《あね》を見捨《みす》てて逃《に》げるのは、身《み》を切《き》られるよりつらかったことでしょう。しかし、京極家《きょうごくけ》の人間《にんげん》である以上《いじょう》、徳川《とくがわ》の家臣《かしん》である忠高《ただたか》に迷惑《めいわく》をかけるわけにはいかなかったのです。

脱出《だっしゅつ》の際《さい》、足《あし》を怪我《けが》した初《はつ》を背負《せお》った家臣《かしん》は、築地《ついじ》（屋根《やね》付《つ》きの土塀《どべい》）を飛《と》び越《こ》えて走《はし》ったといわれていますので、それだけ切羽詰《せっぱつ》まった状況《じょうきょう》であったことが推測《すいそく》されます。人生《じんせい》で落城《らくじょう》を四回《かい》も経験《けいけん》してしまった初《はつ》ですが、実際《じっさい》に城《しろ》が燃《も》える混乱《こんらん》の最中《さなか》に脱出《だっしゅつ》して生《い》き延《の》びたのは、これが初《はじ》めてでした。

このあとの「京極竜子《きょうごくたつこ》」の物語《ものがたり》でもふれますが、茶々《ちゃちゃ》の侍女《じじょ》であったお菊《きく》が残《のこ》した「おきく物語《ものがたり》」には、お菊《きく》が城《しろ》を落《お》ちる途中《とちゅう》、要光院《ようこういん》（常光院《じょうこういん》の書《か》き間違《まちが》い）の一行《いっこう》に拾《ひろ》ってもらい、命拾《いのちびろ》いしたことが記《しる》されています。ちなみに、大阪城天守閣《おおさかじょうてんしゅかく》に所蔵《しょぞう》されている「大坂夏《おおさかなつ》の陣図屏風《じんずびょうぶ》」にも初《はつ》の脱出《だっしゅつ》の様子《ようす》が描《えが》かれています。お菊《きく》も遭遇《そうぐう》した乱取《らんど》りのシーンなど、当日《とうじつ》の壮絶《そうぜつ》な様子《ようす》が伝《つた》わってきますので、機会《きかい》があれば、ぜひ観《み》に行《い》ってみてはいかがでしょうか。

天《てん》涯《がい》の章《しょう》

1 妹《いもうと》・江《ごう》の死《し》 ――寛永《かんえい》3年《ねん》(1626年《ねん》)――

「大坂冬《おおさかふゆ》の陣《じん》」ののち、初《はつ》は若狭《わかさ》の小浜城《おばまじょう》へ戻《もど》り――。

戦場《いくさば》に身《み》を置《お》いていたのが嘘《うそ》のように、ここではおだやかな時間《じかん》が流《なが》れました。

そうして少《すこ》し落《お》ち着《つ》いた頃《ころ》、弟《おとうと》の喜八郎《きはちろう》が訪《たず》ねてきました。初《はつ》が無事《ぶじ》に大坂城《おおさかじょう》を出《で》て若狭《わかさ》へ戻《もど》ったと聞《き》き、会《あ》いに来《き》たのです。

「喜八郎《きはちろう》、そなたが無事《ぶじ》で本当《ほんとう》によかったわ。ところで、あなたの家族《かぞく》は?」

「妻《つま》も子《こ》どもも讃岐《さぬき》に置《お》いてきました。私《わたし》は大坂城浪人《おおさかじょうろうにん》の身《み》ゆえ……」

徳川《とくがわ》の世《よ》となった今《いま》、豊臣方《とよとみがた》の生《い》き残《のこ》りは風当《かぜあ》たりが強《つよ》く――。仕官先《しかんさき》もそう簡単《かんたん》に見《み》つからないのでしょう。

初《はつ》は忠高《ただたか》に事情《じじょう》を話《はな》し、喜八郎《きはちろう》を若狭《わかさ》に置《お》いてくれるよう頼《たの》みました。これにより、喜八郎《きはちろう》は五百石《ひゃっこく》を得《え》ましたが、徳川《とくがわ》への配慮《はいりょ》として出家《しゅっけ》し、名《な》を作庵《さくあん》と変《か》え、京極家《きょうごくけ》の客分《きゃくぶん》として扱《あつか》われることになったのです。

そして、翌年《よくとし》——元和《げんな》2年《ねん》（1616年《ねん》）4月《がつ》16日《にち》。徳川家康《とくがわいえやす》が亡《な》くなりました。

（家康《いえやす》があと一年早《ねんはや》く亡《な》くなっていたら、豊臣《とよとみ》は滅《ほろ》びずに済《す》んだかもしれない……）

そう思《おも》うと、初《はつ》はまた運命《うんめい》の不思議《ふしぎ》を感《かん》じずにはいられません。

初《はつ》はたまに江戸《えど》に出《で》ては、妹《いもうと》の江《ごう》を訪《たず》ねました。

「猿《さる》も狸《たぬき》もいなくなって、世《よ》の中《なか》だいぶ落《お》ち着《つ》いたわねえ」

「もう姉様《あねさま》は〜っ、相変《あいか》わらずよね。あちこち飛《と》び回《まわ》れてうらやましいわ。まるで鳥《とり》みたい」

江《ごう》は将軍《しょうぐん》の御台所《みだいどころ》ですので軽々《かるがる》しく外出《がいしゅつ》などできませんし、敵《てき》となった長姉《ちょうし》・茶々《ちゃちゃ》のことはあまり口《くち》に出《だ》せないのでしょう。大坂城落城《おおさかじょうらくじょう》の様子《ようす》を初《はつ》から何度《なんど》も聞《き》いては茶々《ちゃちゃ》を偲《しの》び、涙《なみだ》を流《なが》します。夫《おっと》が姉《あね》と甥《おい》を滅《ほろ》ぼしたのは、あまりにも残酷《ざんこく》な事実《じじつ》でした。

「姉上《あねうえ》はどんなに無念《むねん》だったことか……」

「あなたがそう言《い》って泣《な》いてくれるだけで、姉上《あねうえ》は救《すく》われると思《おも》うわ」

「……わたしも姉様《あねさま》のように、できれば姉上《あねうえ》のおそばにいて支《ささ》えたかった……」

そうして、元和《げんな》7年《ねん》（1621年《ねん》）、江《ごう》は京《きょう》の養源院《ようげんいん》を再興《さいこう》しました。

この寺《てら》は茶々《ちゃちゃ》が生前《せいぜん》、亡《な》き父《ちち》・長政《ながまさ》の二十一回忌《かいき》のために建《た》てたものでしたが、二年前《ねんまえ》に火《か》事《じ》で焼失《しょうしつ》したままだったのです。長政《ながまさ》の菩提《ぼだい》を弔《とむら》うというのはもちろんですが、それを隠《かく》れ蓑《みの》に江《ごう》は茶々《ちゃちゃ》の冥福《めいふく》を祈《いの》ったのでした。

その二年後《ねんご》の元和《げんな》9年《ねん》（1623年《ねん》）には江《ごう》の長男《ちょうなん》・家光《いえみつ》が第《だい》三代将軍《だいしょうぐん》の座《ざ》に就《つ》き、徳川《とくがわ》の世《よ》は着実《ちゃくじつ》に固《かた》められていき……寛永元年《かんえいがんねん》（1624年《ねん》）には初《はつ》の義息《むすこ》・忠高《ただたか》が越前国敦賀郡《えちぜんのくにつるがごおり》を加増《かぞう》されました。

これにより、京極家《きょうごくけ》もますます安泰《あんたい》かと思《おも》われましたが、忠高《ただたか》の正室《せいしつ》——江《ごう》の四女《じょ》で初《はつ》の養《よう》女《じょ》・初姫《はつひめ》との間《あいだ》には子《こ》どもができる気配《けはい》がなく、初《はつ》は常《つね》に心配《しんぱい》していました。

初姫《はつひめ》は物心《ものごころ》ついた頃《ころ》に忠高《ただたか》の妻《つま》になったのですが、なぜかふたりは反《そ》りが合《あ》わないようで、会話《かいわ》もろくにしないのです。

「忠高《ただたか》に不満《ふまん》があるなら言《い》ってちょうだい。この母《はは》が力《ちから》になりますゆえ」

そう言《い》って悩《なや》みを聞《き》こうとしても、初姫《はつひめ》は微笑《ほほえ》んで首《くび》を振《ふ》るばかりです。

初《はつ》がどうにもできぬまま、時《とき》が過《す》ぎ——。

寛永《かんえい》3年《ねん》（1626年《ねん》）9月《がつ》15日《にち》、妹《いもうと》の江《ごう》が江戸城《えどじょう》の西《にし》の丸《まる》にて、その波乱《はらん》に満《み》ちた生涯《しょうがい》を閉《と》じました。

（姉上《あねうえ》の次《つぎ》は私《わたし》だと思《おも》っていたのに……江《ごう》が先《さき》に逝《い》ってしまうなんて）

しばらくの間《あいだ》、初《はつ》は無力感《むりょくかん》に襲《おそ》われました。

振《ふ》り返《かえ》ってみれば、六十年近《ねんちか》い人生《じんせい》の中《なか》で、妹《いもうと》の江《ごう》と一緒《いっしょ》に暮《く》らしたのはわずかな時間《じかん》でした。ですが、血《ち》を分《わ》けた妹《いもうと》というのは何者《なにもの》にも代《か》えがたい大切《たいせつ》な存在《そんざい》だったのです。

それから、三年後《ねんご》——初《はつ》はまた身内《みうち》を失《うしな》いました。

寛永《かんえい》7年《ねん》（1630年《ねん》）3月《がつ》4日《か》、病《やまい》に臥《ふ》していた初姫《はつひめ》が亡《な》くなってしまったのです。まだ二十九歳《さい》の若《わか》さでした。

初《はつ》は嘆《なげ》き悲《かな》しみ、しばらくは胸《むね》が塞《ふさ》がり、食事《しょくじ》ものどを通《とお》らず——。

（大切《たいせつ》に育《そだ》てたはずなのに……。初姫《はつひめ》にはかわいそうなことをしてしまった……。こんなことになるなら、実《じつ》の母親《ははおや》の……江《ごう》の手元《てもと》で育《そだ》ったほうがしあわせだったのかもしれない……）

初姫《はつひめ》が亡《な》くなって十日後《とおかご》の3月《がつ》14日《か》、小石川《こいしかわ》の伝通院《でんづういん》で葬儀《そうぎ》が行《おこな》われ、遺骸《いがい》もその地《ち》に葬《ほうむ》られました。

（今度《こんど》生まれてくるときは養女《ようじょ》になど出《だ》されず、実《じつ》の両親《りょうしん》のもとでしあわせに暮《く》らしてほしいわ……。江《ごう》、初姫《はつひめ》を——あなたの娘《むすめ》をあたたかく迎《むか》えてあげてね）

初《はつ》は無力《むりょく》な自分《じぶん》を責《せ》め、ひたすら初姫《はつひめ》の冥福《めいふく》を祈《いの》ったのです。

❖息子《むすこ》夫婦《ふうふ》の仲《なか》は？❖

千姫《せんひめ》の輿入《こしい》れの際《さい》、身重《みおも》の身体《からだ》を押《お》してまで京《きょう》の伏見《ふしみ》までついてきた江《ごう》。そのとき産《う》んだのが四女《じょ》の初姫《はつひめ》です。この初姫《はつひめ》が京極家《きょうごくけ》にもらわれた経緯《けいい》には、もともと「生《う》まれた子《こ》が女子《おなご》であれば京極家《きょうごくけ》に養女《ようじょ》に出《だ》す」と決《き》められていたとか、江《ごう》に会《あ》いに来《き》た初《はつ》が「姫《ひめ》だったら、私《わたし》にちょうだい」と言《い》ったとか、いろんな話《はなし》が伝《つた》わっています。

なにはともあれ、将来的《しょうらいてき》に忠高《ただたか》の正室《せいしつ》に迎《むか》えることを条件《じょうけん》に、秀忠《ひでただ》の了承《りょうしょう》を得《え》て養女《ようじょ》にもらい、自分《じぶん》と同《おな》じ「初《はつ》」という名前《なまえ》をつけたのですが、残念《ざんねん》ながら初姫《はつひめ》は忠高《ただたか》とは死《し》ぬまで反《そ》りが合《あ》わなかったといわれています。彼女《かのじょ》の臨終《りんじゅう》の際《さい》、忠高《ただたか》は構《かま》わず相撲見物《すもうけんぶつ》に出《で》かけていたため、これを知《し》った秀忠《ひでただ》と家光《いえみつ》（初姫《はつひめ》の弟《おとうと》）が激怒《げきど》し、葬儀《そうぎ》は徳川方《とくがわがた》で行《おこな》い、京極家《きょうごくけ》に至《いた》っては忠高《ただたか》をはじめ家臣《かしん》も誰《だれ》ひとりとして参列《さんれつ》できなかったとか。

仲《なか》が悪《わる》くなった原因《げんいん》として、忠高《ただたか》が初姫《はつひめ》の悪口《わるくち》を言《い》っているのを偶然《ぐうぜん》、初姫《はつひめ》が耳《みみ》にしてしまい、初姫《はつひめ》が秀忠《ひでただ》に相談《そうだん》していたという悲《かな》しい話《はなし》も伝《つた》わっていますが、初姫《はつひめ》の死後《しご》も徳川《とくがわ》は京極家《きょうごくけ》を頼《たよ》りにしていたようなので、残念《ざんねん》ながら真相《しんそう》はよくわかりません。

2 初《はつ》、江戸《えど》で永眠《えいみん》す――寛永《かんえい》10年《ねん》(1633年《ねん》)――

江《ごう》が亡《な》くなってから六年後《ねんご》、隠居《いんきょ》していた秀忠《ひでただ》もこの世《よ》を去《さ》りました。

この年《とし》は江《ごう》の七回忌《かいき》にあたるのですが、それに合《あ》わせて亡《な》き長政《ながまさ》に朝廷《ちょうてい》から従二位中納言《じゅにいちゅうなごん》が追贈《ついぞう》されました。それは将軍《しょうぐん》の御台所《みだいどころ》の父親《ちちおや》に位《くらい》がないのは不都合《ふつごう》だという理由《りゆう》でした。

これには江《ごう》の五女《じょ》・和子《まさこ》の力《ちから》が大《おお》きく働《はたら》いていました。今《いま》、東福門院《とうふくもんいん》と呼《よ》ばれている和子《まさこ》は後水尾天皇《ごみずのおてんのう》に嫁《とつ》いだのですが、娘《むすめ》が明正天皇《めいしょうてんのう》となったので、国母《こくぼ》の祖父《そふ》に位《くらい》を贈《おく》るという意味《いみ》もあったのです。

(孫《まご》が女帝《じょてい》になるなんて、びっくりよねえ。江《ごう》、浅井《あざい》の血《ち》はあなたを通《とお》して皇室《こうしつ》にまで流《なが》れていったのよ。本当《ほんとう》にすごいわ)

亡《な》き妹《いもうと》を称《たた》える一方《いっぽう》で、初《はつ》は初《はつ》で弟《おとうと》の喜八郎《きはちろう》を守《まも》ったという自負《じふ》がありました。傍流《ぼうりゅう》ではありますが、浅井《あざい》の血《ち》を絶《た》やさず、後世《こうせい》に残《のこ》すことができたのです。

それからまた、時《とき》は流《なが》れ――。

翌年《よくとし》の寛永《かんえい》10年《ねん》（1633年《ねん》）7月《がつ》21日《にち》。

（私《わたし》も、もう長《なが》くない……）

京極家《きょうごくけ》の江戸屋敷《えどやしき》で晩年《ばんねん》を送《おく》っていた初《はつ》は自分《じぶん》の死期《しき》を悟《さと》り、遺言《ゆいごん》を残《のこ》すことにしました。

「小少将《こしょうしょう》、墨《すみ》を」

長年仕《ながねんつか》えてきた侍女《じじょ》の小少将《こしょうしょう》がすった墨《すみ》を筆先《ふでさき》に含《ふく》み、初《はつ》は自分《じぶん》の思《おも》いをひとつひとつ丁寧《ていねい》に書《か》き記《しる》していきます。

「はい、これに――」

（あとのことはすべて忠高殿《ただたかどの》にまかせます。私《わたし》が建《た》てた常高寺《じょうこうじ》は、この先《さき》、国替《くにが》えがあってもそのまま若狭《わかさ》の小浜《おばま》に置《お》いておいてほしいわ。小少将《こしょうしょう》をはじめ侍女《じじょ》たちには――）

すると、書《か》いている途中《とちゅう》で、小少将《こしょうしょう》が「常光院様《じょうこういんさま》……」と声《こえ》を詰《つ》まらせました。

「わたくしたちのことまで気《き》にかけてくださって、ありがとうございます……」

「なにを言《い》ってるの。あなたたちにはとても感謝《かんしゃ》しています。このくらい当然《とうぜん》よ」

初《はつ》が四《し》ヶ条目《かじょうめ》と五《ご》ヶ条目《かじょうめ》にしたためたのは、小少将《こしょうしょう》をはじめとする侍女《じじょ》たちの処遇《しょぐう》でした。

自分《じぶん》がいなくなったあとも扶持《ふち》を与《あた》え、みんな仲良《なかよ》く山《やま》のふもとに軒《のき》を並《なら》べて暮《く》らすことができるよう取《と》り計《はか》らってほしいこと、もし国替《くにが》えがあっても移《うつ》った先《さき》で仕事《しごと》を与《あた》えてほしいこと、彼女《かのじょ》たちには世話役《せわやく》をつけて、その世話役《せわやく》にも充分《じゅうぶん》な生活《せいかつ》ができるように心《こころ》を配《くば》ってほしいこと……――。

「常光院様《じょうこういんさま》……！」

「ありがとうございます……」

初《はつ》の細《こま》かい気配《きくば》りに皆《みな》、感謝《かんしゃ》し、涙《なみだ》を流《なが》しています。

そして、初《はつ》は九ヶ条目《かじょうめ》に弟《おとうと》・喜八郎《きはちろう》のことにもふれ、これから先《さき》も変《か》わらず目《め》をかけてほしいと記《しる》しました。

遺言《ゆいごん》は十一ヶ条《じゅういっかじょう》にわたる長《なが》い内容《ないよう》でしたが、このように周《まわ》りの人《ひと》たちへの細《こま》やかな心遣《こころづか》いと愛情《あいじょう》に満《み》ちあふれたものだったのです。

（すべては〝神《かみ》の思《おぼ》し召《め》し〟なのかもしれないけれど……。私《わたし》は、私《わたし》の人生《じんせい》を思《おも》いっきり生《い》きたわ。もう思《おも》い残《のこ》すことはない――）

8月《がつ》27日《にち》、初《はつ》は静《しず》かに息《いき》を引《ひ》き取《と》り……。

盛大《せいだい》に葬儀《そうぎ》が執《と》り行《おこな》われたのち、棺《ひつぎ》は彼女《かのじょ》を慕《した》うたくさんの人《ひと》たちに守《まも》られながら、若狭《わかさ》へと向《む》かって進《すす》んでいきました。

戦国姫《せんごくひめ》

—初《はつ》の物《もの》語《がたり》—

【特別《とくべつ》読《よ》み切《き》り】

京《きょう》極《ごく》竜《たつ》子《こ》

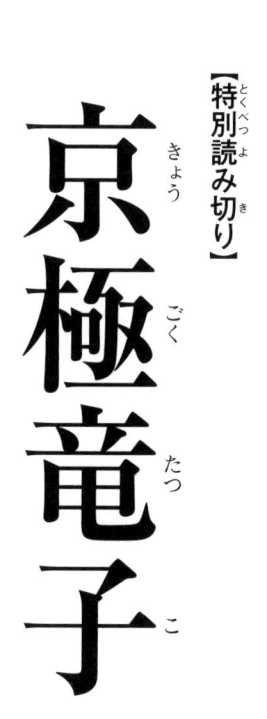

戦国姫
せんごくひめ

新《しん》天《てん》地《ち》の章《しょう》

1 秀吉《ひでよし》の側室《そくしつ》になる――天正《てんしょう》10年《ねん》（1582年《ねん》）――

天正《てんしょう》10年《ねん》（1582年《ねん》）の夏《なつ》のある日《ひ》――。

ひとりの女性《じょせい》が、羽柴秀吉《はしばひでよし》の前《まえ》に引《ひ》き出《だ》されました。

敵将《てきしょう》・明智光秀《あけちみつひで》に味方《みかた》した若狭《わかさ》の武将《ぶしょう》・武田元明《たけだもとあき》の正室《せいしつ》・竜子《たつこ》です。

「ほう、これは美《うつく》しい……」

竜子《たつこ》を見《み》るなり、秀吉《ひでよし》はひとめで心《こころ》を奪《うば》われました。

「そなたは近江《おうみ》の名門《めいもん》・京極家《きょうごくけ》の姫《ひめ》であったな。噂《うわさ》には聞《き》いていたが、これほどとは――」

一方《いっぽう》の竜子《たつこ》は屈辱《くつじょく》に耐《た》えながら、秀吉《ひでよし》を見返《みかえ》していました。

（これが、明智殿《あけちどの》を倒《たお》した秀吉《ひでよし》――）

秀吉《ひでよし》は小柄《こがら》な男《おとこ》で、強《つよ》そうに見《み》えません。けれど、大《おお》きな目《め》は野心《やしん》に満《み》ちあふれ、ギラギラとしています。

(秀吉《ひでよし》は、信長《のぶなが》の草履取《ぞうりと》りから出世《しゅっせ》したと聞《き》いたわ。それに比《くら》べて、元明様《もとあきさま》はその境遇《きょうぐう》を生《い》かしきれなかった──)

思《おも》えば、夫《おっと》の元明《もとあき》は不遇《ふぐう》な一生《いっしょう》でした。

武田家《たけだけ》は若狭《わかさ》の守護《しゅご》であったにもかかわらず、家《いえ》は衰退《すいたい》していく一方《いっぽう》で、永禄《えいろく》10年《ねん》(1567年《ねん》)に元明《もとあき》が家督《かとく》を継《つ》いだものの、翌年《よくとし》には越前《えちぜん》の朝倉義景《あさくらよしかげ》に攻《せ》められて、実質上《じっしつじょう》、若狭《わかさ》の支《し》配権《はいけん》を奪《うば》われた元明《もとあき》は一乗谷《いちじょうだに》に強制的《きょうせいてき》に移住《いじゅう》させられたのです。

天正元年《てんしょうがんねん》(1573年《ねん》)に織田信長《おだのぶなが》が浅井《あざい》・朝倉《あさくら》を滅亡《めつぼう》させ、ようやく若狭《わかさ》に戻《もど》ることができたものの、若狭一国《わかさいっこく》は織田家《おだけ》の重臣《じゅうしん》・丹羽長秀《にわながひで》が支配《しはい》するところとなり……。

けれど、ずっと抑《おさ》えつけられていた武田家《たけだけ》は、この夏《なつ》、ひとすじの光《ひかり》を見出《みいだ》したのです。

それが、6月2日《がつふつか》に起《お》きた「本能寺《ほんのうじ》の変《へん》」でした。

これは織田《おだ》の重臣《じゅうしん》・明智光秀《あけちみつひで》が、主君《しゅくん》・信長《のぶなが》を討《う》った歴史的大事件《れきしてきだいじけん》です。

光秀《みつひで》は各地《かくち》の武将《ぶしょう》に味方《みかた》につくよう書状《しょじょう》を出《だ》し、そのひとつが元明《もとあき》にも届《とど》きました。

その後《ご》、信長《のぶなが》の仇《かたき》を討《う》たんとする秀吉《ひでよし》と光秀《みつひで》の戦《いくさ》になり、若狭《わかさ》を有《ゆう》する丹羽長秀《にわながひで》が秀吉《ひでよし》についたことから、元明《もとあき》は一大決心《いちだいけっしん》をしました。

「竜子《たつこ》、若狭《わかさ》を取《と》り戻《もど》せるかもしれん。信長《のぶなが》を討《う》った光秀殿《みつひでどの》の下《もと》でなら、若狭《わかさ》だけでなく近江《おうみ》の支配《しはい》も夢《ゆめ》ではないぞ」

「まあ、近江《おうみ》までも？」

話《はなし》を聞《き》いた竜子《たつこ》の瞳《ひとみ》が輝《かがや》きました。竜子《たつこ》の実家《じっか》・京極家《きょうごくけ》は北近江《きたおうみ》の名門《めいもん》ですが、次第《しだい》に配下《はいか》の浅井家《あざいけ》に取《と》って代《か》わられ、今《いま》や落《お》ちぶれていたのです。

「元明様《もとあきさま》、ご武運《ぶうん》を……！」

元明《もとあき》は丹羽長秀《にわながひで》の所有《しょゆう》である佐和山城《さわやまじょう》を、味方《みかた》についた竜子《たつこ》の弟《おとうと》・高次《たかつぐ》は秀吉《ひでよし》の居城《きょじょう》・長浜城《ながはまじょう》を攻《せ》めましたが、6月《がつ》13日《にち》の「山崎《やまさき》の戦《たたか》い」に明智《あけち》が敗《やぶ》れたため、状況《じょうきょう》は一転《いってん》し――。

恭順《きょうじゅん》の意《い》を示《しめ》したものの、元明《もとあき》は丹羽長秀《にわながひで》に捕《と》らえられ、7月《がつ》19日《にち》、琵琶湖《びわこ》の西《にし》、海津《かいづ》の宝幢院《ほうどういん》にて切腹《せっぷく》。弟《おとうと》の高次《たかつぐ》は敗走《はいそう》し、行方《ゆくえ》が知《し》れず……。秀吉《ひでよし》の魔《ま》の手《て》は、竜子《たつこ》が身《み》を寄《よ》せていた神宮寺《じんぐうじ》に及《およ》び、今日《きょう》こうして秀吉《ひでよし》の前《まえ》に引《ひ》き出《だ》されたのです。

（わたくしも磔《はりつけ》になるのかしら……？）

九年前《ねんまえ》の天正元年《てんしょうがんねん》（1573年《ねん》）9月《がつ》。浅井滅亡後《あざいめつぼうご》、竜子《たつこ》の叔父《おじ》・浅井長政《あざいながまさ》の母《はは》――つまり、竜子《たつこ》の祖母《そぼ》・阿古《あこ》は関ヶ原《せきがはら》にて磔《はりつけ》にされ、一日《にち》に一本《いっぽん》ずつ指《ゆび》を斬《き》り落《お》とすという残酷《ざんこく》な刑《けい》を受《う》けて絶命《ぜつめい》しました。この処刑《しょけい》は信長《のぶなが》の命令《めいれい》で行《おこな》われたものですが、実行《じっこう》したのは今《いま》、目《め》の前《まえ》にいる秀吉《ひでよし》です。ですので、夫《おっと》の元明《もとあき》を死《し》に追《お》いやったこととは別《べつ》に、竜子《たつこ》は秀吉《ひでよし》に対《たい》して恨《うら》みを持《も》っていたのです。

「どうぞ、わたくしも浅井《あざい》の祖母《そぼ》と同《おな》じく磔《はりつけ》になさってください」

怖《こわ》くないと言《い》えば嘘《うそ》になりますが、竜子《たつこ》が毅然《きぜん》とした態度《たいど》を取《と》りますと、秀吉《ひでよし》が、ふっ、と目《め》を細《ほそ》めました。

「敵《てき》の妻《つま》とはいえ、わしはそなたに恨《うら》みはない。そなたにはすまぬことをした……立場上《たちばじょう》、元《もと》明殿《あきどの》は処罰《しょばつ》せざるを得《え》なかったのじゃ。どうじゃろう、わしに罪滅《つみほろ》ぼしをさせてはくれぬか?」

それは、竜子《たつこ》を秀吉《ひでよし》の側室《そくしつ》にしたい、という提案《ていあん》でした。秀吉《ひでよし》の想《おも》い者《もの》になれば、不自由《ふじゆう》のない生活《せいかつ》を保障《ほしょう》してくれると言《い》うのです。

(つまり、わたくしは戦利品《せんりひん》というわけね。夫《おっと》を亡《な》くしたばかりのわたくしに……しかも、夫《おっと》の仇《かたき》である秀吉《ひでよし》の想《おも》い者《もの》になれとは)

秀吉《ひでよし》のことは憎《にく》いですが、竜子《たつこ》は逆《ぎゃく》に秀吉《ひでよし》を利用《りよう》してやろうと思《おも》いました。

今後《こんご》、もし弟《おとうと》の高次《たかつぐ》が見《み》つかった場合《ばあい》、秀吉《ひでよし》の側室《そくしつ》という立場《たちば》なら、助命嘆願《じょめいたんがん》を聞《き》き入《い》れられる可能性《かのうせい》が高《たか》いと考《かんが》えたのです。

――こうして、秀吉《ひでよし》の側室《そくしつ》になった竜子《たつこ》は、京《きょう》に移《うつ》されたのでした。

❖竜子《たつこ》の子《こ》どもたち❖

竜子《たつこ》は武田元明《たけだもとあき》との間《あいだ》に、二男《なん》一女《じょ》をもうけたという説《せつ》があります。

このうち男児《だんじ》ふたりは処刑《しょけい》されたといわれる一方《いっぽう》、おねの兄《あに》・木下家定《きのしたいえさだ》に引《ひ》き取《と》られたという大胆《だいたん》な説《せつ》や、ひとりは竜子《たつこ》の弟《おとうと》・高次《たかつぐ》に仕《つか》え、のちにその血筋《ちすじ》は丸亀藩《まるがめはん》の京極家《きょうごくけ》の家老《かろう》として存《そん》続《ぞく》していったという話《はなし》も。

もし男《おとこ》の子《こ》どもたちがいた場合《ばあい》、竜子《たつこ》は実家《じっか》・京極家《きょうごくけ》の再興《さいこう》だけでなく、婚家《こんけ》の武田《たけだ》の再興《さいこう》も願《ねが》ったはずですがそれをしていませんし、名門《めいもん》・武田家《たけだけ》の男児《だんじ》を家臣《かしん》にするのは悪《わる》い話《はなし》ではないので、秀吉《ひでよし》が放《ほう》っておく理由《りゆう》も見当《みあ》たりません。ひとりいたという女児《じょじ》に至《いた》っては、なにもわからず……。

あとでふれますが、竜子《たつこ》は秀頼《ひでより》の子《こ》・国松《くにまつ》（従妹《いとこ》・茶々《ちゃちゃ》の孫《まご》なので血《ち》のつながりは薄《うす》い）の遺《い》骸《がい》を引《ひ》き取《と》り、菩提《ぼだい》を弔《とむら》ったほどのやさしい女性《じょせい》ですので、自分《じぶん》の子《こ》どもたちのために〝なにもしなかった〟とは考《かんが》えられません。

ですので、今回《こんかい》の物語《ものがたり》では「元明《もとあき》との間《あいだ》に子《こ》はなかった」としておきました。

2 弟《おとうと》・高次《たかつぐ》が秀吉《ひでよし》の家臣《かしん》になる——天正《てんしょう》12年《ねん》(1584年《ねん》)——

主君《しゅくん》・信長《のぶなが》の仇《かたき》を討《う》った秀吉《ひでよし》は「我《われ》こそは信長様《のぶながさま》の遺志《いし》を継《つ》ぐ者《もの》なり」と考《かんが》え、信長《のぶなが》の三男《なん》・信孝《のぶたか》や織田家《おだけ》一の重臣《じゅうしん》・柴田勝家《しばたかついえ》と敵対《てきたい》し、気《き》の抜《ぬ》けない日々《ひび》を送《おく》っていましたが、京《きょう》に小《ちい》さいながらも屋敷《やしき》を与《あた》えられた竜子《たつこ》の暮《く》らしは平穏《へいおん》なものでした。

秀吉《ひでよし》は竜子《たつこ》の屋敷《やしき》にやってくると、たいがい、天気《てんき》のいい日《ひ》は庭《にわ》に面《めん》した縁《えん》に出《で》て、竜子《たつこ》の膝枕《ひざまくら》で景色《けしき》を眺《なが》めるのが常《つね》になっていました。

「今日《きょう》も庭《にわ》が見事《みごと》じゃな。だが、竜子《たつこ》のほうがもっと美《うつく》しいのう」

わかりやすい褒《ほ》め言葉《ことば》ですが、悪《わる》い気《き》はしません。打《う》ち解《と》けてみると、秀吉《ひでよし》は大《おお》らかな性格《せいかく》で愛嬌《あいきょう》のある顔《かお》をしており、どこか憎《にく》めないのです。

「秀吉様《ひでよしさま》、わたくし、ずっと京《きょう》にいたいですわ」

「竜子《たつこ》は京《きょう》が好《す》きなのか」

「ええ、不思議《ふしぎ》と馴染《なじ》むのです。都《みやこ》の香《かお》りが」

京極家《きょうごくけ》はもともと源氏《げんじ》の流《なが》れを汲む名門《めいもん》の武家《ぶけ》で、京《きょう》の京極高辻《きょうごくたかつじ》に館《やかた》を持《も》っていた氏信《うじのぶ》を祖《そ》として仰《あお》いでいます。

けれど、秀吉《ひでよし》は京極家《きょうごくけ》の別《べつ》の側面《そくめん》を口《くち》にしました。

「そなたは南北朝時代《なんぼくちょうじだい》、バサラ大名《だいみょう》として異名《いみょう》を取《と》った佐々木道誉《ささきどうよ》の子孫《しそん》。ぜひとも、威勢《いせい》のいい男子《おのこ》を産《う》んでもらいたいものじゃ」

室町時代《むろまちじだい》にこの佐々木氏《ささきし》が六角氏《ろっかくし》と京極氏《きょうごくし》に分《わ》かれ、六角氏《ろっかくし》が南近江《みなみおうみ》の守護《しゅご》を、京極氏《きょうごくし》が北《きた》近江《おうみ》の守護《しゅご》を続《つづ》けてきたのです。

「あら、よくご存《ぞん》じですこと」

竜子《たつこ》は笑《わら》いましたが、秀吉《ひでよし》の顔《かお》が少《すこ》しさみしそうに見《み》えたので、小首《こくび》を傾《かし》げました。

「……秀吉様《ひでよしさま》？」

「実《じつ》は、わしには男子《おのこ》がひとりおったのだ。けど、早《はや》くに亡《な》くなってしまってのう……」

秀吉《ひでよし》は十年《ねん》ほど前《まえ》に、南殿《みなみどの》という女性《じょせい》の間《あいだ》に石松丸《いしまつまる》という子《こ》を儲《もう》けたのですが、その子《こ》は数《かぞ》えで二歳《さい》のときに死《し》んでしまったのです。

（この方《かた》も、さみしい思《おも》いをしたことがあるのね……）

なんとか励《はげ》ましたくなって、竜子《たつこ》は明《あか》るい声《こえ》で言《い》いました。

「わたくしの父《ちち》は齢《よわい》六十で嫡男《ちゃくなん》に恵《めぐ》まれましてよ。九年後《ねんご》には次男《じなん》も生《う》まれています」

「おお、そうか……」

「はい。ですから、大丈夫《だいじょうぶ》ですよ。秀吉様《ひでよしさま》は、まだまだお若《わか》いですもの」

竜子《たつこ》の励《はげ》ましに、四十七歳《さい》の秀吉《ひでよし》は「そうか、そうか」と、うれしそうに笑《わら》いました。

顔《かお》をくしゃっとさせて笑《わら》うその顔《かお》はなんともいえぬ愛嬌《あいきょう》があり、竜子《たつこ》も「ふふ」と笑《え》みをこぼしました。


天正《てんしょう》11年《ねん》（1583年《ねん》）4月《がつ》、秀吉《ひでよし》は柴田勝家《しばたかついえ》を滅《ほろ》ぼし……。

そして、9月1日《がつついたち》に大坂城《おおさかじょう》の築城《ちくじょう》を開始《かいし》。翌年《よくとし》の8月《がつ》には本丸《ほんまる》が完成《かんせい》し、秀吉《ひでよし》の一家《いっか》や養子《ようし》たちは大坂《おおさか》へ移《うつ》ることになりました。

もちろん、竜子《たつこ》も一緒《いっしょ》です。

もうすぐ京《きょう》を出《で》るというある日《ひ》、こっそりと竜子《たつこ》を訪《たず》ねてきた男《おとこ》がいました。

それはなんと、弟《おとうと》の高次《たかつぐ》だったのです。

「お久《ひさ》しぶりです、姉上《あねうえ》」

「まあ、高次《たかつぐ》！　あなたが生《い》きていたなんて、うれしいこと。今《いま》までどこにいたの？　わたくし、とても心配《しんぱい》していたのよ」

高次《たかつぐ》は明智光秀《あけちみつひで》が秀吉《ひでよし》に敗《やぶ》れたのち、近江《おうみ》や美濃《みの》を転々《てんてん》とし、秀吉《ひでよし》と敵対《てきたい》していた柴田勝家《しばたかついえ》を頼《たよ》り、越前《えちぜん》の北ノ庄城《きたのしょうじょう》に身《み》を寄《よ》せました。が、そこも秀吉《ひでよし》に攻《せ》められたので、ひそかに城《しろ》を落《お》ち、身《み》を隠《かく》していたのです。

「私《わたし》は京極家《きょうごくけ》の嫡男《ちゃくなん》として、御家再興《おいえさいこう》のため、今日《きょう》までなんとか生《い》き延《の》びてきました。姉上《あねうえ》が秀吉《ひでよし》の側室《そくしつ》になったと風《かぜ》の噂《うわさ》で聞《き》きましたが……本当《ほんとう》ですか？」

「ええ、本当《ほんとう》よ」

竜子《たつこ》があっさりうなずくと、高次《たかつぐ》は眉《まゆ》をひそめました。

「秀吉《ひでよし》は、義兄上《あにうえ》の敵《てき》ではありませんか」

「そんな目《め》で見《み》るのはやめて。わたくしは京極家再興《きょうごくけさいこう》のために、この道《みち》を選《えら》んだのよ。落《お》ちぶれた京極家《きょうごくけ》をふたたび盛《も》り立《た》てることは、亡《な》き父上《ちちうえ》の悲願《ひがん》でした。高次《たかつぐ》、あなたが生《い》きていたら、わたくしは秀吉様《ひでよしさま》にそれを願《ねが》おうと、今日《きょう》までじっと耐《た》えていたのです」

「姉上《あねうえ》……」

先《さき》ほどまで険《けわ》しい顔《かお》をしていた高次《たかつぐ》の目《め》に、熱《あつ》い涙《なみだ》が浮《う》かびます。

「ですが、秀吉《ひでよし》は私《わたし》を許《ゆる》すでしょうか……」

「あなたのことはわたくしが全力《ぜんりょく》で守《まも》ります。信《しん》じて待《ま》っていてちょうだい」

大坂城《おおさかじょう》へ移《うつ》ったのち、竜子《たつこ》は秀吉《ひでよし》に高次《たかつぐ》が生《い》きていたことを話《はな》し、家臣《かしん》として取《と》り立《た》ててほしいと願《ねが》い出《で》ました。

「弟《おとうと》は二度《ど》までも秀吉様《ひでよしさま》に楯突《たてつ》きました。それは決《けっ》して許《ゆる》されることではございません。けれど、お許《ゆる》しくだされば、弟《おとうと》は秀吉様《ひでよしさま》にとても感謝《かんしゃ》し、誠心誠意《せいしんせいい》お仕《つか》えするでしょう」

秀吉《ひでよし》は竜子《たつこ》をとても気《き》に入《い》っておりましたので、この〝おねだり〟を快《こころよ》く受《う》け入《い》れました。

それに、名門《めいもん》の出《で》の家臣《かしん》を持《も》つことは、秀吉《ひでよし》としても悪《わる》い話《はなし》ではありません。

「高次殿《たかつぐどの》は我《わ》が妻《つま》・竜子《たつこ》の弟《おとうと》……なれば、わしの弟《おとうと》も同然《どうぜん》じゃ。信長様《のぶながさま》の遺志《いし》を継《つ》ぎ、天下《てんか》をひとつにまとめようとしておる今《いま》、わしに力《ちから》を貸《か》してくれれば、こんなにうれしいことはない」

秀吉《ひでよし》の寛大《かんだい》な言葉《ことば》に、高次《たかつぐ》は胸《むね》を打《う》たれ、

「……ははっ！　この京極高次《きょうごくたかつぐ》、一身《いっしん》を捧《ささ》げ、秀吉様《ひでよしさま》にお仕《つか》えいたします！」

こうして高次《たかつぐ》は秀吉《ひでよし》に取《と》り立《た》てられ、近江国高島郡田中郷《おうみのくにたかしまごおりたなかごう》二千《せん》五百石《ひゃっこく》を与《あた》えられました。

「高次《たかつぐ》……そなたは本当《ほんとう》に運《うん》の強《つよ》い子《こ》じゃ。これも神《かみ》の思《おぼ》し召《め》しぞ」

母《はは》のマリアが涙《なみだ》を浮《う》かべて喜《よろこ》び、胸《むね》の前《まえ》でそっと十字《じゅうじ》を切《き》りました。

姉弟《きょうだい》の母《はは》はもとは慶《けい》という名《な》でしたが、天正《てんしょう》9年《ねん》（1581年《ねん》）に安土城下《あづちじょうか》の神学校《しんがっこう》でオルガンティーノ神父《しんぷ》により洗礼《せんれい》を受《う》け、ドンナ・マリアという洗礼名《せんれいめい》をいただきました。その際《さい》、夫《おっと》の高吉《たかよし》も一緒《いっしょ》に洗礼《せんれい》を受《う》けたのですが、数日後《すうじつご》に急死《きゅうし》したので、人々《ひとびと》は「仏罰《ぶつばつ》が下《くだ》った」と噂《うわさ》し……。

けれど、彼女《かのじょ》は信仰《しんこう》を捨《す》てずに生《い》き、やがて、マリアと呼《よ》ばれるようになったのです。

「母上《ははうえ》にも心配《しんぱい》をかけました」

「亡《な》き高吉様《たかよしさま》も喜《よろこ》んでおられるでしょう。高次《たかつぐ》、京極家《きょうごくけ》を盛《も》り立《た》てていっておくれ」

泣《な》きながら互《たが》いの手《て》を取《と》る母《はは》と弟《おとうと》を見《み》て、竜子《たつこ》も袖《そで》で涙《なみだ》を拭《ぬぐ》いました。

(父上《ちちうえ》、これでようやく京極家《きょうごくけ》の再興《さいこう》を果《は》たせましたわ)

竜子《たつこ》も天国《てんごく》の父《ちち》に、やっといい報告《ほうこく》ができたと心《こころ》から安堵《あんど》したのです。

❖京極家《きょうごくけ》と浅井家《あざいけ》の関係《かんけい》は？❖

竜子《たつこ》の実家《じっか》、京極家《きょうごくけ》。もともと近江国《おうみのくに》の湖北《こほく》三郡《ぐん》を治《おさ》める古《ふる》くからの名門《めいもん》で、浅井家《あざいけ》は京極家《きょうごくけ》の家臣《かしん》でした。大永《だいえい》3年《ねん》（1523年《ねん》）に京極家《きょうごくけ》で継嗣《けいし》問題《もんだい》が起《お》こり、家臣《かしん》同士《どうし》の内紛《ないふん》に発展《はってん》。このとき、頭角《とうかく》を現《あらわ》したのが浅井《あざい》郡《ぐん》出身《しゅっしん》の家臣《かしん》・浅井《あざい》亮政《すけまさ》（長政《ながまさ》の祖父《そふ》）で、やがて湖北《こほく》の覇権《はけん》を握《にぎ》るようになっていったのです。

しかし、亮政《すけまさ》は主君筋《しゅくんすじ》の京極家《きょうごくけ》を立《た》てることを忘《わす》れず、天文《てんぶん》3年《ねん》（1534年《ねん》）8月《がつ》、小谷城《おだにじょう》下《か》の清水谷《きよみずだに》の館《やかた》にて、京極《きょうごく》高清《たかきよ》・高延《たかのぶ》父子《おやこ》とその家臣《かしん》たちを招《まね》き、二日間《ふつかかん》にわたって饗応《きょうおう》しています。このとき出《だ》された料理《りょうり》は五十九品目《ひんもく》を数《かぞ》え、琵琶湖《びわこ》で採《と》れるものだけでなく、蛤《はまぐり》やサザエをはじめ海《うみ》の幸《さち》がたくさん並《なら》べられ、その中《なか》には鮫《さめ》、イルカ、クジラなどもありました。裏《うら》を返《かえ》せば、珍《めずら》しい食材《しょくざい》を取《と》り寄《よ》せられる経済力《けいざいりょく》が浅井《あざい》にあることを示《しめ》したわけですが……。

ちなみに、亮政《すけまさ》・久政《ひさまさ》・長政《ながまさ》のいわゆる〝浅井《あざい》三代《だい》〟の約《やく》五十年間《ねんかん》、京極氏《きょうごくし》は別《べつ》の場所《ばしょ》で暮《く》らしていたという話《はなし》もありますが、今回《こんかい》の物語《ものがたり》では小谷城《おだにじょう》の京極丸《きょうごくまる》に住《す》んでいたという説《せつ》を採《と》りました。

蒼《そう》穹《きゅう》の章《しょう》

1 弟《おとうと》・高次《たかつぐ》の結婚《けっこん》
――天正《てんしょう》15年《ねん》（1587年《ねん》）――

大坂城《おおさかじょう》に移《うつ》った竜子《たつこ》には弟《おとうと》の出世《しゅっせ》のほかにも、うれしい出来事《できごと》がありました。秀吉《ひでよし》から「面倒《めんどう》を見《み》てほしい」と、ふたりの少女《しょうじょ》と引《ひ》き合《あ》わせられたのですが、それは、叔父《おじ》・浅井長政《あざいながまさ》の忘《わす》れ形見《がたみ》である長女《ちょうじょ》の茶々《ちゃちゃ》と次女《じじょ》の初《はつ》だったのです。

茶々《ちゃちゃ》は数《かぞ》えで十六歳《さい》、ひとつ下《した》の初《はつ》は十五歳《さい》。

この出会《であ》いには、母《はは》のマリアがたいそう喜《よろこ》びました。

「弟《おとうと》の娘《むすめ》たちに会《あ》えるなんて、うれしいこと……。あなたたちは幼《おさな》すぎて覚《おぼ》えていないかもしれませんが、私《わたし》たち親子《おやこ》は昔《むかし》、小谷城《おだにじょう》の京極丸《きょうごくまる》に住《す》んでいたのですよ」

マリアは茶々《ちゃちゃ》たちの父《ちち》・長政《ながまさ》の姉《あね》。ですので、竜子《たつこ》にとってふたりは従妹《いとこ》にあたるのです。

茶々《ちゃちゃ》や初《はつ》は最初《さいしょ》のうちは緊張《きんちょう》していたものの、血《ち》のつながった者《もの》に会《あ》えたうれしさで話《はな》しているうちに次第《しだい》に笑顔《えがお》になっていったのですが、

「ふたりとも、お市様《いちさま》に似《に》ているわ。本当《ほんとう》になつかしいこと……」

とマリアが微笑《ほほえ》むと、反対《はんたい》に沈《しず》んだ顔《かお》になってしまいました。ふたりは秀吉《ひでよし》が越前《えちぜん》の北ノ庄《きたのしょう》城《じょう》を攻《せ》めた際《さい》、母《はは》のお市《いち》と、お市《いち》の再婚相手《さいこんあいて》——義父《ちち》の柴田勝家《しばたかついえ》を亡《な》くしているのです。

うつむいてしまったふたりを見《み》て、竜子《たつこ》がとっさに取《と》り繕《つくろ》いました。

「そういうわけで、これからはわたくしを姉《あね》、母上《ははうえ》を母《はは》だと思《おも》ってくださいましね。わたくしもお茶々様《ちゃちゃさま》やお初様《はつさま》を妹《いもうと》だと思《おも》うことにするわ」

「母上《ははうえ》を母《はは》……なんだか、ややこしいわねえ」

「別《べつ》に、ややこしくありません。母上《ははうえ》はもう黙《だま》っていてくださいまし」

母《はは》と娘《むすめ》のやりとりに、初《はつ》が「ぷっ」と噴《ふ》き出《だ》しました。

「こら、初《はつ》……」

「あら、いいのよ、お茶々様《ちゃちゃさま》。わたくしたちは家族《かぞく》なんですもの」

三女《じょ》の江《ごう》は、すでに嫁《とつ》いでいるので、ここにいないのは残念《ざんねん》でしたが……。

こうして、竜子《たつこ》は茶々《ちゃちゃ》と初《はつ》の面倒《めんどう》を見《み》ることになったのでした。


そうして、日々《ひび》は過《す》ぎ——。

その年《とし》も暮《く》れようかというある日《ひ》、竜子《たつこ》が廊下《ろうか》を歩《ある》いていますと、縁先《えんさき》で庭《にわ》を眺《なが》めながら、ぼーっとしている初《はつ》を見《み》かけました。

「あら、お初様《はつさま》、どうかなさいました？」

「結婚《けっこん》って実《じつ》のところ、夢《ゆめ》も希望《きぼう》もなにもないなあ……と思《おも》って」

どうやら、初《はつ》は先日《せんじつ》、姉妹《しまい》のもとに戻《もど》ってきた江《ごう》のことで胸《むね》を痛《いた》めているようでした。

江《ごう》は秀吉《ひでよし》の養女《ようじょ》となって、この年《とし》の初《はじ》めに嫁《とつ》いでいたのですが、夫《おっと》の一成《かずなり》が秀吉《ひでよし》の勘気《かんき》をこうむり、離縁《りえん》させられてしまったのです。

まだ十二歳《さい》でそのような目《め》に遭《あ》わされた江《ごう》のことは、確《たし》かにかわいそうですが……。

「まあ、嫁入《よめい》り前《まえ》の身《み》でなにをおっしゃいますか。光源氏《ひかるげんじ》のような素敵《すてき》な殿方《とのがた》が、いずれ、お初様《はつさま》を見初《みそ》めることもあるかもしれませんのに」

「光源氏《ひかるげんじ》ねえ……大勢《おおぜい》のうちのひとりになるなんて、なんか嫌《いや》だわ」

そうつぶやいてから、初《はつ》ははっとして、あわてて竜子《たつこ》にあやまりました。

「ご、ごめんなさい。決《けっ》して、竜子様《たつこさま》のことを悪《わる》く言《い》ったわけでは――……」

「ふふ、気《き》にしなくていいですわ。わたくしが〝大勢《おおぜい》のうちのひとり〟なのは、事実《じじつ》なんですもの」

竜子《たつこ》が言《い》ったとおり、秀吉《ひでよし》にはたくさんの側室《そくしつ》がいました。女好《おんなず》きと言《い》ってしまえばそれまでですが、四十半《なか》ばを過《す》ぎても子《こ》に恵《めぐ》まれないので、後継《あとつ》ぎを得《え》ようと焦《あせ》っているのでしょう。

(わたくしが身《み》ごもればいいんでしょうけど……これぱっかりはねえ)

心《こころ》の中《なか》でため息《いき》をついていますと、初《はつ》がまた訊《き》いてきました。

「竜子様《たつこさま》は秀吉《ひでよし》……じゃなかった、秀吉様《ひでよしさま》が憎《にく》くはないのですか?」

「憎《にく》い? なぜ?」

「なぜって——……夫君《ふくん》の仇《かたき》ですよね? しかも、竜子様《たつこさま》を側室《そくしつ》に召《め》したりして……」

これを聞《き》いたとたん、竜子《たつこ》の脳裏《のうり》に出陣《しゅつじん》していく亡《な》き夫《おっと》の姿《すがた》がよぎりました。

(元明様《もとあきさま》……)

若狭《わかさ》を取《と》り戻《もど》せるかもしれん。近江《おうみ》を支配《しはい》することも夢《ゆめ》ではない。そう言《い》って、勇《いさ》ましく出《で》て行《い》った夫《おっと》の背中《せなか》を。

その瞬間《しゅんかん》、なつかしく思《おも》い出《だ》しこそすれ、負《ま》けた夫《おっと》を憐《あわ》れに思《おも》う気持《きも》ちも、勝《か》った秀吉《ひでよし》を憎《にく》く思《おも》う気持《きも》ちもどこかに行《い》ってしまっていたことに、竜子《たつこ》は気《き》づきました。

(不思議《ふしぎ》ね。わたくしったら、いつのまに……)

秀吉《ひでよし》のことが好《す》きかと問《と》われれば、それはまた別《べつ》の話《はなし》になりますが——。

「確《たし》かにそうですけれども……秀吉様《ひでよしさま》がわたくしのことをとても大事《だいじ》にしてくださったので、憎《にく》しみなんて、いつのまにか春《はる》の雪解《ゆきど》けのように消《き》えてなくなってしまいましたわ」

竜子《たつこ》がすっきりした気持《きも》ちでそう言《い》いますと、初《はつ》が「ええっ!?」と目《め》を丸《まる》くしました。

「そんなに驚《おどろ》かずとも。女《おんな》のしあわせは殿方《とのがた》に愛《あい》されることですよ？」

「はあ……。では、竜子様《たつこさま》にとっての〝光る君《ひかるきみ》〟が秀吉《ひでよし》……様《さま》、なのですか？」

「容姿《ようし》はともかく、そう言《い》われれば、そういうことになりますわねえ」

「はあ……そうですか」

いまいち納得《なっとく》がいかない顔《かお》で初《はつ》はうなずいたあと、いきなり「うっ」と顔《かお》をしかめました。

そのあと、なぜか首《くび》をぶんぶん振《ふ》っています。

(おもしろい子《こ》ねえ。なにを想像《そうぞう》してるのかしら？)

くるくると表情《ひょうじょう》を変《か》える初《はつ》を見《み》ているうちに、竜子《たつこ》はふと思《おも》いつきました。

(この子《こ》、うちの高次《たかつぐ》の嫁《よめ》にどうかしら？　あ、でも、これぱっかりは秀吉様《ひでよしさま》にうかがってみないと……)

それに弟《おとうと》の高次《たかつぐ》は、まだまだ一人前《いちにんまえ》とは言《い》えません。

折《おり》を見《み》て、秀吉《ひでよし》にまた〝おねだり〟をしてみようと、竜子《たつこ》は思《おも》ったのでした。

天正《てんしょう》13年《ねん》（1585年《ねん》）、関白《かんぱく》になった秀吉《ひでよし》は四国《しこく》を平定《へいてい》。翌年《よくとし》には朝廷《ちょうてい》から豊臣《とよとみ》の姓《せい》を賜《たまわ》りました。

そして、それまで敵対《てきたい》していた徳川家康《とくがわいえやす》も臣下《しんか》となり、秀吉《ひでよし》は「九州攻《きゅうしゅうぜ》め」を開始《かいし》。天正《てんしょう》15年《ねん》（1587年《ねん》）には二十万《まん》の兵力《へいりょく》を投入《とうにゅう》し、九州《きゅうしゅう》を平定《へいてい》しました。

この「九州攻《きゅうしゅうぜ》め」では高次《たかつぐ》が豊前《ぶぜん》の馬獄城《まがたけじょう》を落《お》とし、その戦功《せんこう》により、近江国大溝《おうみのくにおおみぞ》一万石《まんごく》に加増《かぞう》されました。高次《たかつぐ》は晴《は》れて、城持《しろも》ち大名《だいみょう》になったのです。

「高次《たかつぐ》、よくやってくれました」

「これからですよ、高次《たかつぐ》。いずれは、近江一国《おうみいっこく》も夢《ゆめ》ではないかもしれませぬ」

竜子《たつこ》も母《はは》のマリアも泣《な》いて喜《よろこ》び、高次《たかつぐ》の出世《しゅっせ》を祝《いわ》いました。

そして、一万石《まんごく》の大名《だいみょう》となった高次《たかつぐ》は、秀吉《ひでよし》の薦《すす》めで妻《つま》を娶《めと》ることになりました。

相手《あいて》は従妹《いとこ》の初《はつ》です。

高次《たかつぐ》は二十五歳《さい》、初《はつ》は十八歳《じゅうはっさい》。

一段《いちだん》とたくましくなった高次《たかつぐ》と、ますます美《うつく》しくなった初《はつ》はとても似合《にあ》いの夫婦《ふうふ》です。

「お初様《はつさま》がわたくしの義妹《いもうと》になるなんて、とてもうれしいですわ」

「ええ、実家《じっか》である浅井《あざい》の姫《ひめ》を迎《むか》えられるとは……これも――」

「また、神《かみ》の思《おぼ》し召《め》しというのでしょう？　母上《ははうえ》、それはそうかもしれませんが、全部《ぜんぶ》、秀吉《ひでよし》様《さま》のおかげよ」

竜子《たつこ》は秀吉《ひでよし》に〝おねだり〟したことを、母《はは》や弟《おとうと》には内緒《ないしょ》にしておくことにしました。高次《たかつぐ》が秀吉《ひでよし》に感謝《かんしゃ》し、いっそう武功《ぶこう》に励《はげ》むことが大事《だいじ》だからです。

こうして、ふたりが結婚《けっこん》し、琵琶湖《びわこ》の西《にし》の大溝城《おおみぞじょう》で新婚生活《しんこんせいかつ》を送《おく》りはじめた頃《ころ》、マリアが大《おお》坂城《さかじょう》から出《で》て行《い》くと言《い》い出《だ》しました。

「高次《たかつぐ》も城持《しろも》ちになって、無事《ぶじ》に嫁《よめ》をもらったことですし、私《わたし》はそろそろお暇《いとま》します」

「母上《ははうえ》――……」

けれど、竜子《たつこ》には本当《ほんとう》の理由《りゆう》がわかっていました。

秀吉《ひでよし》がこの年《とし》の6月《がつ》19日《にち》、滞在先《たいざいさき》の筑前《ちくぜん》で「伴天連追放令《ばてれんついほうれい》」を出《だ》したのです。

それまでは、信長《のぶなが》にならって秀吉《ひでよし》もキリシタンを認《みと》めていたのですが、九州《きゅうしゅう》攻《ぜ》めの際《さい》、宣教《せんきょう》師《し》たちが九州《きゅうしゅう》を中心《ちゅうしん》に政治的《せいじてき》な勢力《せいりょく》を築《きず》こうとしていることに気《き》づき、これを阻止《そし》しようとしたのです。

天文《てんぶん》18年《ねん》（１５４９年《ねん》）にスペインの宣教師《せんきょうし》、フランシスコ・ザビエルが日本《にほん》を訪《おとず》れてから、三十八年《ねん》。

日本各地《にほんかくち》——特《とく》に西日本《にしにほん》を中心《ちゅうしん》にキリスト教信者《きょうしんじゃ》は多《おお》くおり、大坂城《おおさかじょう》で働《はたら》いていた熱心《ねっしん》な信《しん》者《じゃ》たちも、主《あるじ》の秀吉《ひでよし》に憚《はばか》り、次々《つぎつぎ》と城《しろ》を去《さ》っていたのです。

秀吉《ひでよし》はこれまで、マリアに対《たい》しては寛大《かんだい》な措置《そち》を取《と》り、強引《ごういん》に棄教《ききょう》を迫《せま》ったりしてこなかったのですが——。

「竜子《たつこ》の母親《ははおや》だからといって、これ以上《いじょう》、甘《あま》えるわけにはいきません」

マリアは秀吉《ひでよし》に大変感謝《たいへんかんしゃ》していましたが、実《じつ》はその反対《はんたい》に少《すこ》し憎《にく》んでもいました。

キリスト教《きょう》は一夫一妻制《いっぷいっさいせい》。

なので、秀吉《ひでよし》の側室《そくしつ》である竜子《たつこ》は、存在《そんざい》そのものが罪《つみ》にあたるのです。

娘《むすめ》をそうした立場《たちば》に置《お》いた秀吉《ひでよし》のことは、母《はは》としてどうしても許《ゆる》せないのですが、本心《ほんしん》を口《くち》にしてしまうと竜子《たつこ》が困《こま》ると思《おも》ったので、マリアはそのことを今《いま》まで決《けっ》して口《くち》にせず——。

「本当《ほんとう》はあなたにも入信《にゅうしん》してほしかったけれど……。あなたは秀吉様《ひでよしさま》の妻《つま》。夫《おっと》が禁《きん》じているものを信仰《しんこう》するわけにはいかないものね」

「ええ、そのとおりです――というか、それ以前《いぜん》に、もともと入《はい》る気《き》はないのですけど」

「あらまあ、はっきり言《い》うわね」

マリアはころころと笑《わら》いました。

「竜子《たつこ》、元気《げんき》でね。あなたには、こういうきらびやかな場所《ばしょ》が性《しょう》に合《あ》っているわ。これからも秀吉様《ひでよしさま》に、うーんと大事《だいじ》にしてもらいなさい。あ、高知《たかとも》のことも頼《たの》むわね」

高次《たかつぐ》より九歳下《さいした》の弟《おとうと》・高知《たかとも》も今《いま》では秀吉《ひでよし》に仕《つか》えています。

マリアはもうなんの心配《しんぱい》もないというように、どこか晴《は》れ晴《ば》れとした顔《かお》で大坂城《おおさかじょう》を去《さ》っていったのです。キリシタンにとっては窮屈《きゅうくつ》な世《よ》の中《なか》になったはずなのに、翼《つばさ》を大《おお》きく広《ひろ》げた鳥《とり》が羽《は》ばたいていくように、マリアはとても自由《じゆう》に見《み》えました。

(母上《ははうえ》のことが、なんだかうらやましいわ……)

竜子《たつこ》は窓《まど》を開《あ》けました。

淀《よど》んでいた空気《くうき》は冷《つめ》たい冬《ふゆ》の風《かぜ》で洗《あら》われましたが、竜子《たつこ》の沈《しず》んだ気持《きも》ちはなかなか晴《は》れませんでした。

京極家《きょうごくけ》とキリスト教《きょう》

天正《てんしょう》9年《ねん》（1581年《ねん》）の「イエズス会日本年報《かいにほんねんぽう》」（宣教師《せんきょうし》が本国《ほんごく》に送《おく》った日本《にほん》の報告書《ほうこくしょ》）には、「キョクドノ（京極殿《きょうごくどの》）は夫人《ふじん》とともに説教《せっきょう》を聞《き》く決心《けっしん》をし、四十日間《にちかん》説教《せっきょう》を聞《き》き続《つづ》けた末《すえ》に夫婦《ふうふ》がそろって洗礼《せんれい》を受《う》けた」と書《か》かれているそうです。結局《けっきょく》、夫《おっと》の高吉《たかよし》は洗礼《せんれい》を受《う》けてすぐに亡《な》くなり、世間《せけん》の人々《ひとびと》は「仏罰《ぶつばつ》が下《くだ》った」と噂《うわさ》しましたが、そのような陰口《かげぐち》に負《ま》けずに妻《つま》のマリアは熱心《ねっしん》に信仰《しんこう》を続《つづ》け、竜子《たつこ》以外《いがい》の弟妹《きょうだい》は皆《みな》、母《はは》の影響《えいきょう》を受《う》けて入信《にゅうしん》したといわれています。

朽木宣綱《くつきのぶつな》に嫁《とつ》いだ竜子《たつこ》の妹《いもうと》は「マグダレナ」という洗礼名《せんれいめい》で知《し》られており、彼女《かのじょ》の葬式《そうしき》は京《きょう》に建《た》ったばかりの教会《きょうかい》で盛大《せいだい》に行《おこな》われたとか。けれど、この葬儀《そうぎ》は熱心《ねっしん》な仏教徒《ぶっきょうと》である茶々《ちゃちゃ》の怒《いか》りを買《か》い、「キリシタン禁令《きんれい》」の高札《こうさつ》を改《あらた》めて立《た》てる騒《さわ》ぎに発展《はってん》。茶々《ちゃちゃ》としては自分《じぶん》の従妹《いとこ》の葬儀《そうぎ》が、秀吉《ひでよし》が禁《きん》じたキリスト教式《きょうしき》で行《おこな》われたのが許《ゆる》せなかったのでしょう。マグダレナは寺《てら》に埋葬《まいそう》され、墓《はか》も仏式《ぶっしき》のものになりました。

2 竜子《たつこ》、名護屋城《なごやじょう》での功績《こうせき》を認《みと》められる——文禄《ぶんろく》3年《ねん》（1594年《ねん》）——

その後《ご》、初《はつ》の姉《あね》・茶々《ちゃちゃ》が秀吉《ひでよし》の妻《つま》となり、天正《てんしょう》17年《ねん》（1589年《ねん》）5月《がつ》に子《こ》どもを産《う》みました。それは秀吉《ひでよし》にとって待望《たいぼう》の男児《だんじ》でした。

「でかしたぞ、茶々《ちゃちゃ》！　鶴松《つるまつ》や、鶴松《つるまつ》や。おとどが抱《だ》っこしてしんぜよう」

五十三歳《さい》にしてようやく子《こ》に恵《めぐ》まれた秀吉《ひでよし》は、もう我《わ》が子《こ》に夢中《むちゅう》です。

それまでは側室《そくしつ》の中《なか》では竜子《たつこ》が秀吉《ひでよし》のいちばんのお気《き》に入《い》りでしたのに、茶々《ちゃちゃ》が後継《あとつ》ぎを産《う》んだことで立場《たちば》が取《と》って代《か》わられてしまいました。

（どうして、わたくしには秀吉様《ひでよしさま》の子《こ》ができないのかしら。ここに母上《ははうえ》がいたら、それは神《かみ》の思《おぼ》し召《め》しですよ、とでも言《い》うんでしょうけど……）

これまでは他《ほか》の側室《そくしつ》にも子《こ》ができなかったので、竜子《たつこ》も焦《あせ》りを感《かん》じていなかったのです。

翌年《よくとし》の天正《てんしょう》18年《ねん》（1590年《ねん》）春《はる》、秀吉《ひでよし》は二十万《まん》もの大軍《たいぐん》で関東《かんとう》の覇者《はしゃ》・北条氏《ほうじょうし》を攻《せ》め、その陣中《じんちゅう》に正室《せいしつ》・おねの許可《きょか》を取《と》って、茶々《ちゃちゃ》を呼《よ》び寄《よ》せました。それは、戦《いくさ》が長引《ながび》くと秀吉《ひでよし》がいつ大坂《おおさか》に帰《かえ》れるかわからないのと、茶々《ちゃちゃ》に早《はや》く次《つぎ》の子《こ》を産《う》んでほしいという考《かんが》えからでした。

(わたくしは呼《よ》ばれなかった……)

ここでも茶々《ちゃちゃ》と明《あき》らかに差《さ》がついてしまった、と竜子《たつこ》はため息《いき》をつきました。

念願《ねんがん》だった「天下統一《てんかとういつ》」をなして、9月《がつ》に大坂《おおさか》に戻《もど》ってきた秀吉《ひでよし》を、おね、茶々《ちゃちゃ》、竜子《たつこ》をはじめとする女《おんな》たちが、艶《あで》やかに着飾《きかざ》って出迎《でむか》えました。

「秀吉様《ひでよしさま》、おめでとうございます!」

「ついに、天下統一《てんかとういつ》をなされましたね。まことにめでたいですわ」

「うむうむ、皆《みな》にはもっと贅沢《ぜいたく》をさせてやろう」

秀吉《ひでよし》は得意満面《とくいまんめん》でしたが、翌年《よくとし》の天正《てんしょう》19年《ねん》(1591年《ねん》)次々《つぎつぎ》と身内《みうち》を亡《な》くすという不幸《ふこう》に見舞《みま》われました。

1月《がつ》に片腕《かたうで》として頼《たよ》りにしていた弟《おとうと》の秀長《ひでなが》を、そして、8月《がつ》にはなんと鶴松《つるまつ》が病《やまい》のために、わずか三歳《さい》で亡《な》くなってしまったのです。

「わしにはもう、子《こ》ができんじゃろうな……」

秀吉《ひでよし》はすっかりあきらめ、甥《おい》の秀次《ひでつぐ》を後継者《こうけいしゃ》にして関白職《かんぱくしょく》を譲《ゆず》ると、自身《じしん》は太閤《たいこう》と名乗《なの》るようになりました。

年《とし》が明《あ》けた天正《てんしょう》20年《ねん》（1592年《ねん》）、従妹《いとこ》の江《ごう》が嫁《とつ》ぐことになりました。二度《ど》目《め》の結婚相手《けっこんあいて》は、関白《かんぱく》となった秀次《ひでつぐ》の弟《おとうと》・秀勝《ひでかつ》です。

嫁《とつ》ぐ前《まえ》、江《ごう》が竜子《たつこ》を訪《たず》ねてきました。

「先日《せんじつ》、姉上《あねうえ》から秀勝様《ひでかつさま》との縁談《えんだん》を聞《き》かされました。いいお話《はなし》だとは思《おも》うのですが……」

「まあ、お江様《ごうさま》。おめでとうございます。でも、なぜ沈《しず》んだ顔《かお》をなさっているの？」

江《ごう》は今《いま》、二十歳《はたち》。最初《さいしょ》の結婚《けっこん》は十二歳《さい》のときでしたが、それから八年《ねん》、再婚《さいこん》の話《はなし》はありませんでした。

「……わたしは、まだ一成様《かずなりさま》のことが忘《わす》れられないのです」

いけないことを口《くち》にしてしまったとばかりに、江《ごう》はうつむきました。最初《さいしょ》の夫《おっと》・佐治一成《さじかずなり》が秀吉《ひでよし》の勘気《かんき》をこうむったがために、離縁《りえん》させられたからです。

「でも、秀勝様《ひでかつさま》と一緒《いっしょ》になれば、姉上《あねうえ》のそばにいられますし、支《ささ》えていくことができます。わたしはこれからも、これまで母親《ははおや》代《が》わりに育《そだ》ててくれた姉上《あねうえ》の力《ちから》になりたいのです」

「それは立派《りっぱ》なお考《かんが》えですわね。でも、そんな義務感《ぎむかん》に縛《しば》られたままでは、すぐに息切《いきぎ》れしてしまいますよ？」

竜子《たつこ》は言《い》って、やさしく江《ごう》の手《て》を取《と》りました。

「お江様《ごうさま》は、どうしたら最初《さいしょ》の夫《おっと》を忘《わす》れることができるか、それを訊《き》きに来《き》たのでしょう？答《こた》えは簡単《かんたん》ですよ。忘《わす》れる必要《ひつよう》なんてありません」

「え……」

「前《まえ》の夫《おっと》との思《おも》い出《で》は心《こころ》の奥《おく》に大事《だいじ》にしまって、新《あたら》しい夫《おっと》との人生《じんせい》を楽《たの》しんだほうがいいですわよ。前《まえ》にも、お茶々様《ちゃちゃさま》に結婚《けっこん》についての悩《なや》みを相談《そうだん》されましたけど、夫婦《ふうふ》というものはお互《たが》いに仲良《なかよ》くやっていこうと思《おも》うと、自然《しぜん》と寄《よ》り添《そ》い、支《ささ》え合《あ》っていけるものですから」

「はあ……」

「ふふ、お江様《ごうさま》は必《かなら》ずしあわせになれますよ」

「どうして、そう言《い》い切《き》れるのですか？」

「だって、秀勝様《ひでかつさま》は〝人《ひと》たらし〟な秀吉様《ひでよしさま》の甥《おい》っ子《こ》ですもの。全部《ぜんぶ》が全部《ぜんぶ》というわけじゃないでしょうけど、きっと気質《きしつ》は似《に》てると思《おも》いますわ」

竜子《たつこ》がそう保証《ほしょう》すると、江《ごう》はたちまち元気《げんき》になりました。

「お話《はなし》を聞《き》いていたら、気持《きも》ちが軽《かる》くなりました！　ありがとうございます、竜子様《たつこさま》！」

江《ごう》が明《あか》るい顔《かお》で帰《かえ》っていくと、竜子《たつこ》は「ふう……」とため息《いき》をつきました。

（お江様《ごうさま》がお嫁《よめ》に行《い》けば、三姉妹《しまい》の世話係《せわがかり》としてのわたくしの役目《やくめ》も終《お》わりね。母上《ははうえ》のように城《しろ》を出《で》て、どこかへ行《い》きたい気分《きぶん》だわ）

しかし、秀吉《ひでよし》はそう簡単《かんたん》に許《ゆる》してはくれないでしょう。

別《べつ》に、秀吉《ひでよし》のもとから去《さ》りたいと思《おも》っているわけではないのですが――。

（京《きょう》にいたあの頃《ころ》がなつかしいわね……。小《ちい》さなお屋敷《やしき》の小《ちい》さな庭《にわ》を見《み》ながら、秀吉様《ひでよしさま》によく膝枕《ひざまくら》をしてさしあげたっけ）

竜子《たつこ》はいつのまにか三十路《みそじ》に入《はい》ってしまいましたが、

（今《いま》のわたくしにできることと言《い》ったら、美《うつく》しさに磨《みが》きをかけることぐらいよねえ。母上《ははうえ》のように信仰《しんこう》に生《い》きれば、精神的《せいしんてき》に強《つよ》くなれるのかしら？）

でも、側室《そくしつ》という立場《たちば》ではキリシタンになるのも難《むずか》しいですし、亡《な》き夫《おっと》の菩提《ぼだい》を弔《とむら》いたくとも髪《かみ》を下《お》ろすことはできません。

（わたくしはまるで籠《かご》の鳥《とり》ね。贅沢《ぜいたく》をさせてもらってはいるけれど、最近《さいきん》、ちっとも楽《たの》しくない……）

美《うつく》しい調度品《ちょうどひん》に囲《かこ》まれた部屋《へや》で艶《あで》やかな着物《きもの》を纏《まと》った竜子《たつこ》は、豪華《ごうか》な空間《くうかん》には似《に》つかわしくない重《おも》いため息《いき》を、今日《きょう》も人知《ひとし》れずつくのでした。

江《ごう》が再婚《さいこん》して間《ま》もなく、秀吉《ひでよし》は「唐入《からい》り」を決《き》めました。

のちの世《よ》に言《い》う、「文禄《ぶんろく》の役《えき》（第《だい》一次朝鮮出兵《じちょうせんしゅっぺい》）」です。天下統一《てんかとういつ》をなした秀吉《ひでよし》は信長《のぶなが》の遺志《いし》を継《つ》ぎ、海《うみ》の向《む》こうの朝鮮《ちょうせん》を、さらにはその先《さき》の明《みん》をも攻《せ》めようというのです。

そこで、肥前国《ひぜんのくに》は名護屋《なごや》に出兵《しゅっぺい》の拠点《きょてん》となる巨大《きょだい》な城《しろ》を造《つく》っていたのですが、秀吉《ひでよし》は「小田《おだ》原攻《わらぜ》め」のときと同《おな》じく、兵《へい》を癒《い》やすための娯楽《ごらく》をたくさん用意《ようい》し、家臣《かしん》たちに「妻《つま》を呼《よ》び寄《よ》せてよい」というふれを出《だ》し、自身《じしん》も茶々《ちゃちゃ》を名護屋《なごや》に連《つ》れて行《い》くことにしました。小田原《おだわら》の陣《じん》の際《さい》、茶々《ちゃちゃ》を招《まね》いたことが戦勝《せんしょう》を呼《よ》び寄《よ》せたということで、それにならったというわけです。

今回《こんかい》は竜子《たつこ》も名護屋《なごや》へ向《む》かうことになりました。鶴松《つるまつ》を亡《な》くしてからというもの茶々《ちゃちゃ》の元気《げんき》がないので、話《はな》し相手《あいて》として竜子《たつこ》も一緒《いっしょ》に、と秀吉《ひでよし》は考《かんが》えたようです。

(大坂《おおさか》を出《で》て九州《きゅうしゅう》へ行《い》くのね。どんなところでしょう)

こんな長旅《ながたび》は生《う》まれて初《はじ》めてです。

秀吉《ひでよし》は文禄元年《ぶんろくがんねん》(1592年《ねん》)3月《がつ》26日《にち》に出発《しゅっぱつ》し、その行列《ぎょうれつ》に茶々《ちゃちゃ》と竜子《たつこ》の輿《こし》も同行《どうこう》しました。女《おんな》たちの輿《こし》が付《つ》き従《したが》ったため、その行程《こうてい》はのんびりとしたものでした。

途中《とちゅう》、安芸《あき》の宮島《みやじま》に寄《よ》り、嚴島神社《いつくしまじんじゃ》を参拝《さんぱい》したときは、竜子《たつこ》も茶々《ちゃちゃ》も思《おも》わずはしゃいでしまいました。

「まあ、お茶々様《ちゃちゃさま》、見《み》てください。海《うみ》の中《なか》にあんなに大《おお》きな鳥居《とりい》が」

「ええ、竜子様《たつこさま》。社殿《しゃでん》も海《うみ》に張《は》り出《だ》して、まるで竜宮城《りゅうぐうじょう》を見《み》ているみたいですね」

珍《めずら》しい景色《けしき》、瀬戸内《せとうち》の温暖《おんだん》な気候《きこう》、栄養《えいよう》たっぷりの魚介類《ぎょかいるい》――。

そのおかげか茶々《ちゃちゃ》は次第《しだい》に元気《げんき》を取《と》り戻《もど》し、竜子《たつこ》も旅《たび》を堪能《たんのう》しました。

長《なが》い間《あいだ》、輿《こし》に揺《ゆ》られるのは大変《たいへん》でしたが、行《い》く先々《さきざき》で贅沢《ぜいたく》な食事《しょくじ》をし、時《とき》には温泉《おんせん》に入《はい》り、数々《かずかず》の景勝地《けいしょうち》を巡《めぐ》るうちに、ふたりとも大《おお》いに気分転換《きぶんてんかん》できたのです。

そうして、4月《がつ》25日《にち》、一行《いっこう》は名護屋《なごや》に到着《とうちゃく》しました。

「竜子様《たつこさま》、ずいぶんと遠《とお》くまで来《き》ましたね」

「あの海《うみ》の向《む》こうに朝鮮《ちょうせん》が、さらにその先《さき》には明《みん》があるのよね。ここまで来《く》るのも長《なが》い道《みち》のりでしたのに、どれだけ遠《とお》いのか想像《そうぞう》もつきませんわ」

茶々《ちゃちゃ》と並《なら》んで、竜子《たつこ》はまぶしげに海《うみ》を眺《なが》めました。

朝鮮半島《ちょうせんはんとう》に渡《わた》った日本軍《にほんぐん》は快進撃《かいしんげき》を続《つづ》け、5月《がつ》には朝鮮《ちょうせん》の都《みやこ》・漢城《ソウル》を落《お》としたので、気《き》を良《よ》くした秀吉《ひでよし》は6月《がつ》に自《みずか》ら戦場《せんじょう》へ乗《の》り込《こ》もうと考《かんが》えました。

けれど、秀吉《ひでよし》の身《み》を案《あん》じた徳川家康《とくがわいえやす》や前田利家《まえだとしいえ》に引《ひ》き留《と》められているうちに、7月《がつ》に入《はい》り、そこへ京《きょう》の聚楽第《じゅらくだい》にいる大政所《おおまんどころ》が危篤《きとく》だという報《しら》せが大坂《おおさか》から届《とど》きました。

大政所《おおまんどころ》とは、秀吉《ひでよし》の生母《せいぼ》・なかのことです。母親思《ははおやおも》いの秀吉《ひでよし》は急《いそ》いで京《きょう》へ向《む》かいましたが、臨終《りんじゅう》に間《ま》に合《あ》わず……。

秀吉《ひでよし》の不在《ふざい》の間《あいだ》、もうひとつ不幸《ふこう》な報《しら》せが名護屋《なごや》に入《はい》りました。

朝鮮《ちょうせん》の巨済島《コセド》で江《ごう》の夫《おっと》・秀勝《ひでかつ》が病《やまい》に倒《たお》れ、9月《がつ》に亡《な》くなってしまったのです。

「江《ごう》が心配《しんぱい》だわ……。あの子《こ》は今《いま》、秀勝様《ひでかつさま》の子《こ》を身《み》ごもっているというのに」

「お茶々様《ちゃちゃさま》、おね様《さま》とお初様《はつさま》が、きっとお江様《ごうさま》を支《ささ》えてくださっていますわ。ですから、あまりお嘆《なげ》きにならないで」

ここへきてやっと鶴松《つるまつ》を亡《な》くした悲《かな》しみから立《た》ち直《なお》りかけていた茶々《ちゃちゃ》が、また塞《ふさ》ぎ込《こ》んでしまわないように、竜子《たつこ》は懸命《けんめい》に励《はげ》ましました。

10月《がつ》に入《はい》り、ようやく秀吉《ひでよし》が名護屋《なごや》へ戻《もど》ってきました。母親《ははおや》の法要《ほうよう》を営《いとな》んだあと、さまざまな政務《せいむ》をこなしていたので遅《おそ》くなったのです。

そうして、年《とし》が明《あ》けて文禄《ぶんろく》2年《ねん》（1593年《ねん》）、今度《こんど》は茶々《ちゃちゃ》が大坂《おおさか》へ戻《もど》ることになりました。前年《ぜんねん》の秋《あき》に女児《じょじ》を出産《しゅっさん》した江《ごう》が心配《しんぱい》だということもありましたが、茶々自身《ちゃちゃじしん》も体調《たいちょう》が優《すぐ》れなかったからです。

「お茶々様《ちゃちゃさま》、秀吉様《ひでよしさま》のお世話《せわ》はわたくしが致《いた》しますから、どうぞ心置《こころお》きなく、大坂《おおさか》で静養《せいよう》してくださいましね」

茶々《ちゃちゃ》を送《おく》り出《だ》してから、竜子《たつこ》は秀吉《ひでよし》の身《み》の回《まわ》りの世話《せわ》をし、諸大名《しょだいみょう》とのつきあいや秀吉《ひでよし》の家《か》臣《しん》たちに気《き》を配《くば》り、名護屋城《なごやじょう》で働《はたら》いている人《ひと》たちの差配《さはい》をこなしました。

そうしているうちに、大坂《おおさか》に戻《もど》った茶々《ちゃちゃ》が懐妊《かいにん》したという話《はなし》が聞《き》こえてきました。身体《からだ》の具合《ぐあい》が思《おも》わしくなかったのは、子《こ》を宿《やど》していたからだったのです。

（そう……また、お子《こ》ができたのね）

名護屋《なごや》ではふたりは同《おな》じ空気《くうき》を吸《す》い、同《おな》じように栄養豊富《えいようほうふ》な海《うみ》の幸《さち》を食《た》べていたはずです。なのに、この差《さ》は――。

（嘆《なげ》いていても仕方《しかた》ないわ。今《いま》、秀吉様《ひでよしさま》のそばにいる妻《つま》はわたくしだけ。妻《つま》として、やるべきことをやるだけよ）

できれば、自分《じぶん》も子《こ》を宿《やど》したいものだと思《おも》いながら、竜子《たつこ》は秀吉《ひでよし》に仕《つか》えました。秀吉《ひでよし》は疲《つか》れると、よく竜子《たつこ》の膝枕《ひざまくら》をねだるので、わずかな時間《じかん》ではありますが、それが竜子《たつこ》の楽《たの》しみでもありました。

また、名護屋《なごや》には弟《おとうと》の高次《たかつぐ》も出陣《しゅつじん》しており、時折《ときおり》、顔《かお》を見《み》る機会《きかい》があるのも、竜子《たつこ》にとってはうれしいことだったのですが――。

その高次《たかつぐ》が世話係《せわがかり》の侍女《じじょ》に手《て》をつけ、妊娠《にんしん》させたことが発覚《はっかく》しました。

（子《こ》ができたのは、めでたいけれど……。お初様《はつさま》は大丈夫《だいじょうぶ》なのかしら？）

高次《たかつぐ》と初《はつ》の間《あいだ》には、まだ子《こ》がありません。

夫《おっと》のいない留守《るす》を守《まも》りながら姉《あね》の茶々《ちゃちゃ》や妹《いもうと》の江《ごう》に気《き》を配《くば》り、近江《おうみ》や京《きょう》や大坂《おおさか》を忙《いそが》しく走《はし》り回《まわ》っているであろう初《はつ》のことを、竜子《たつこ》は思《おも》いました。

やがて、夏《なつ》になり――。

茶々《ちゃちゃ》が男子《おのこ》を産《う》んだという報《しら》せが届《とど》きました。のちの秀頼《ひでより》です。

早《はや》く赤《あか》ん坊《ぼう》の顔《かお》が見《み》たい秀吉《ひでよし》は大坂《おおさか》へ向《む》かうことにし、竜子《たつこ》も戻《もど》ることになりましたので、8月《がつ》12日《にち》の晩《ばん》に名護屋《なごや》を出発《しゅっぱつ》しました。

(こう言《い》ってはなんですけれど、久《ひさ》しぶりに妻《つま》らしいことをして楽《たの》しかったわ。子《こ》を産《う》むだけが女《おんな》の仕事《しごと》じゃなくてよ)

豊臣家《とよとみけ》の奥向《おくむ》きの差配《さはい》は正室《せいしつ》のおねの仕事《しごと》ですし、昔《むかし》、嫁《とつ》いでいた若狭《わかさ》の武田家《たけだけ》ではもちろん正室《せいしつ》としての役目《やくめ》をこなしてはいましたが、守護《しゅご》とは名《な》ばかりの落《お》ちぶれた家《いえ》でしたので、こんなにも大勢《おおぜい》の人間《にんげん》の上《うえ》に立《た》って働《はたら》いた経験《けいけん》がこれまでなかったのです。

翌年《よくとし》の文禄《ぶんろく》3年《ねん》(1594年《ねん》)1月《がつ》21日《にち》。

「名護屋城《なごやじょう》での差配《さはい》、見事《みごと》であったぞ」

竜子《たつこ》の功労《こうろう》を称《たた》えるため、秀吉《ひでよし》は大坂城《おおさかじょう》の西《にし》の丸《まる》に竜子《たつこ》が住《す》むための御殿《ごてん》を建《た》てるよう命《めい》じました。いまだに子《こ》をなせずにいるのは悔《くや》しいことですが、自分《じぶん》の働《はたら》きを評価《ひょうか》されたことを、竜子《たつこ》は誇《ほこ》らしく思《おも》いました。

そして、早《はや》くも翌月《よくげつ》には竜子《たつこ》は西《にし》の丸《まる》へ移《うつ》り、これ以降《いこう》、「西《にし》の丸殿《まるどの》」と呼《よ》ばれるようになりました。

❖竜子《たつこ》の位置《いち》❖

実際《じっさい》に竜子《たつこ》が名護屋城《なごやじょう》にてどのように差配《さはい》したのかはわかっていませんが、西《にし》の丸《まる》に彼女《かのじょ》の御殿《ごてん》を建《た》てたくらいですから、賢妻《けんさい》として知《し》られる秀吉《ひでよし》の正室《せいしつ》・おねに匹敵《ひってき》するほどの働《はたら》きぶりだったと思《おも》われます。

秀吉《ひでよし》の「正室《せいしつ》」はおねで、便宜上《べんぎじょう》、竜子《たつこ》と茶々《ちゃちゃ》は「側室《そくしつ》」と書《か》いていますが、一夫多妻《いっぷたさい》が認《みと》められていた当時《とうじ》、秀吉《ひでよし》の後継《あとつ》ぎを産《う》んだ茶々《ちゃちゃ》も本妻《ほんさい》に格上《かくあ》げされ、「文禄《ぶんろく》の役《えき》」で活躍《かつやく》した竜子《たつこ》も西《にし》の丸《まる》を与《あた》えられたときに本妻《ほんさい》の地位《ちい》に上《あ》がったとみられています。

また、竜子《たつこ》が西《にし》の丸《まる》に移《うつ》った約《やく》二か月後《げつご》、宇喜多秀家邸《うきたひでいえてい》に秀吉《ひでよし》の妻《つま》たちがおなりになるという予定《よてい》を伝《つた》える文書《ぶんしょ》の中《なか》に「北政所様《きたのまんどころさま》（おね）、二の丸様《まるさま》（茶々《ちゃちゃ》）、御《お》ひろひ様《さま》（秀頼《ひでより》）、京極様《きょうごくさま》（竜子《たつこ》）」が同道《どうどう》する旨《むね》が書《か》かれていることからも、竜子《たつこ》がほかの側室《そくしつ》たちとは違《ちが》い、おねと茶々《ちゃちゃ》の次《つぎ》に優遇《ゆうぐう》されていることがわかるそうです。子《こ》どもを産《う》まなくても、自身《じしん》の力《ちから》で御殿《ごてん》を手《て》に入《い》れた竜子《たつこ》はさぞかし誇《ほこ》らしかったでしょうね。

涙《るい》珠《しゅ》の章《しょう》

1　秀吉《ひでよし》の死《し》――慶長《けいちょう》3年《ねん》（1598年《ねん》）――

激戦続《げきせんつづ》きだった「文禄《ぶんろく》の役《えき》」は、明《みん》と講和《こうわ》し、停戦《ていせん》となりました。秀頼《ひでより》が生《う》まれて二年後《ねんご》、江《ごう》が三度目《どめ》の夫《おっと》となる徳川家康《とくがわいえやす》の嫡男《ちゃくなん》・秀忠《ひでただ》と婚約《こんやく》したのち、秀吉《ひでよし》は関白《かんぱく》・秀次《ひでつぐ》に謀反《むほん》の疑《うたが》いありとして切腹《せっぷく》に追《お》い込《こ》みました。自分《じぶん》の目《め》の黒《くろ》いうちに、秀頼《ひでより》を後継者《こうけいしゃ》として定《さだ》めておきたかったのです。

それから二年後《ねんご》の慶長《けいちょう》2年《ねん》（1597年《ねん》）、秀吉《ひでよし》はまた朝鮮《ちょうせん》での戦《いくさ》を再開《さいかい》しました。世《よ》に言《い》う「慶長《けいちょう》の役《えき》（第《だい》二次朝鮮出兵《じちょうせんしゅっぺい》）」です。

その一方《いっぽう》で、秀吉《ひでよし》は大規模《だいきぼ》な行事《ぎょうじ》を計画《けいかく》していました。

それが、慶長《けいちょう》3年《ねん》（1598年《ねん》）3月《がつ》15日《にち》に行《おこな》われた「醍醐《だいご》の花見《はなみ》」です。

当日《とうじつ》は数日続《すうじつつづ》いていた長雨《ながあめ》が嘘《うそ》のように晴《は》れ上《あ》がり、絶好《ぜっこう》のお花見日和《はなみびより》となりました。

伏見《ふしみ》から醍醐《だいご》へ向《む》かう行列《ぎょうれつ》を見《み》ようと、沿道《えんどう》には京《きょう》の人々《ひとびと》が見物《けんぶつ》に出《で》ています。

女《おんな》たちの輿《こし》は六台《だい》。秀吉《ひでよし》の正室《せいしつ》・おね、秀頼《ひでより》の母《はは》・茶々《ちゃちゃ》に続《つづ》き、竜子《たつこ》は三番目《ばんめ》の輿《こし》に乗《の》っていました。四番目《ばんめ》は三の丸殿《まるどの》（信長《のぶなが》の娘《むすめ》）、五番目《ばんめ》は摩阿姫《まあひめ》（前田利家《まえだとしいえ》の娘《むすめ》）、六番目《ばんめ》はまつ（前田利家《まえだとしいえ》の正室《せいしつ》）が続《つづ》きます。

竜子《たつこ》の輿《こし》には三人《にん》の武将《ぶしょう》が従《したが》っており、そのうちのひとりは妹婿《いもうとむこ》の朽木宣綱《くつきのぶつな》でした。ちなみに朽木家《くつきけ》に嫁《とつ》いでいる竜子《たつこ》の妹《いもうと》は、マグダレナという洗礼名《せんれいめい》を持《も》つキリシタンです。

（桜《さくら》を見《み》ていると、不思議《ふしぎ》と心《こころ》が洗《あら》われるわねえ）

醍醐寺《だいごじ》の高大《こうだい》な敷地《しきち》には、各地《かくち》から取《と》り寄《よ》せられた七百本《ひゃっぽん》もの桜《さくら》が植《う》えられ、その桜《さくら》を愛《め》でるため、秀吉《ひでよし》は千三百人《びゃくにん》もの人々《ひとびと》を招待《しょうたい》していました。満開《まんかい》の花《はな》の下《した》、着飾《きかざ》った女《おんな》たちがさんざめき、散歩《さんぽ》がてら、あちこちに設《もう》けられた出店《でみせ》で買《か》い物《もの》を楽《たの》しんだりしています。

「皆《みな》、花《はな》よりも綺麗《きれい》じゃのう。どれ、盃《さかずき》を取《と》らせよう、おねや」

秀吉《ひでよし》の盃《さかずき》を正室《せいしつ》のおねが賜《たまわ》りました。輿《こし》の順番《じゅんばん》からすると次《つぎ》は茶々《ちゃちゃ》ですが、竜子《たつこ》は「次《つぎ》はわたくしが」と進《すす》み出《で》ました。そんな竜子《たつこ》を、茶々《ちゃちゃ》が目《め》を丸《まる》くして見《み》てきます。

「年《とし》の功《こう》ということで」

竜子《たつこ》は茶々《ちゃちゃ》に微笑《ほほえ》みました。ちょっとからかってみたのです。

「お茶々様《ちゃちゃさま》は二番目《ばんめ》の輿《こし》で入《はい》られたのですから。盃《さかずき》はわたくしが二番目《ばんめ》にいただいてもよろしいわよね？」

「ええ、そういうことでしたら。では竜子様《たつこさま》、どうぞ」

「あ、あら？　そんな簡単《かんたん》に……いいのかしら」

竜子《たつこ》の肩《かた》が心《こころ》なしかずるっと下《さ》がりました。てっきり怒《おこ》ると思《おも》っていたのに、茶々《ちゃちゃ》が竜子《たつこ》を立《た》てたので拍子抜《ひょうしぬ》けしたのです。

「やっぱりいいわ。三番目《ばんめ》で」

「そんな、せっかくですから、どうぞ」

「いえいえ、ここはやはりお茶々様《ちゃちゃさま》が――」

争《あらそ》っているのか譲《ゆず》り合《あ》っているのか、よくわからない状況《じょうきょう》になったとき、

「おふたりがいただかないのでしたら、私《わたし》が」

と、まつが進《すす》み出《で》ました。まつの夫《おっと》・利家《としいえ》は秀吉《ひでよし》の長年《ながねん》の親友《しんゆう》で、まつは五番目《ばんめ》の輿《こし》で入《はい》った摩阿姫《まあひめ》の生母《せいぼ》でもありますので秀吉《ひでよし》が厚遇《こうぐう》したのです。

「おお、そうじゃな。ささ、まつ殿《どの》」

まつが盃《さかずき》を受《う》けるのを見《み》て、竜子《たつこ》と茶々《ちゃちゃ》は目《め》を丸《まる》くして互《たが》いの顔《かお》を見《み》ました。

「あら、まあ」

「おまつ様《さま》に、一本取《いっぽんと》られましたわね」

ふたりはぷっと噴《ふ》き出《だ》し、楽《たの》しそうに笑《わら》いました。

（こうして、みんなで笑《わら》って、綺麗《きれい》なお花《はな》を愛《め》でて……まさにこの世《よ》の春《はる》だわ）

しかし、平穏《へいおん》な時間《じかん》は長続《ながつづ》きしませんでした。

その後《ご》、秀吉《ひでよし》が体調《たいちょう》を崩《くず》し、寝込《ねこ》んでしまったのです。


最初《さいしょ》はすぐに治《なお》るだろうと言《い》われましたが、秀吉《ひでよし》はどんどんやせ細《ほそ》り、夏《なつ》に入《はい》った頃《ころ》……ついには床《とこ》から起《お》き上《あ》がれなくなりました。

死期《しき》を悟《さと》った秀吉《ひでよし》はおもだった武将《ぶしょう》を呼《よ》び、石田三成《いしだみつなり》を筆頭《ひっとう》とする五奉行《ごぶぎょう》と、徳川家康《とくがわいえやす》を筆《ひっ》頭《とう》とする五大老《ごたいろう》の体制《たいせい》を作《つく》り、自分《じぶん》の死後《しご》、秀頼《ひでより》の補佐《ほさ》をすることを頼《たの》みました。

竜子《たつこ》は何度《なんど》も秀吉《ひでよし》の見舞《みま》いに行《い》き、体調《たいちょう》のいいときは膝枕《ひざまくら》をしてあげました。

「やはり、竜子《たつこ》の膝枕《ひざまくら》はいいのう……」

「ふふ、心《こころ》ゆくまで味《あじ》わってくださいましね」

竜子《たつこ》は微笑《ほほえ》んで、秀吉《ひでよし》の頭《あたま》をやさしく撫《な》でました。

「秀頼《ひでより》のこと、よろしく頼《たの》む……」

「あら、秀頼様《ひでよりさま》にはわたくしなどより、頼《たの》もしい方《かた》がたくさん周《まわ》りにいらっしゃいましてよ？」

おね様《さま》、お茶々様《ちゃちゃさま》、家康様《いえやすさま》、三成様《みつなりさま》――と竜子《たつこ》が指折《ゆびお》り数《かぞ》えていますと、

「……高次《たかつぐ》と高知《たかとも》には、そなたのほうからも含《ふく》みおいてくれぬか？」

秀吉《ひでよし》が竜子《たつこ》の弟《おとうと》たちの名《な》を出《だ》しました。今《いま》、高次《たかつぐ》は近江大津《おうみおおつ》六万石《まんごく》、正室《せいしつ》の父《ちち》の領国《りょうごく》をほぼ引《ひ》き継《つ》いだ高知《たかとも》は信濃飯田《しなのいいだ》十万石《まんごく》です。彼《かれ》らは大《おお》きな出世《しゅっせ》はできませんでしたが、竜子《たつこ》の弟《おとうと》として秀吉《ひでよし》は頼《たよ》りに思《おも》っているのでしょう。

「わかりました。弟《おとうと》たちにはわたくしのほうから、ちゃんと伝《つた》えておきますわ」

「竜子《たつこ》……よろしく頼《たの》むぞ」

8月《がつ》18日《にち》、伏見城《ふしみじょう》の奥座敷《おくざしき》にて秀吉《ひでよし》は六十二歳《さい》の生涯《しょうがい》を閉《と》じました。


秀吉《ひでよし》の死《し》をきっかけに、「慶長《けいちょう》の役《えき》」は終《お》わりました。

翌年《よくとし》の慶長《けいちょう》4年《ねん》（1599年《ねん》）、秀頼《ひでより》と茶々《ちゃちゃ》は大坂城《おおさかじょう》に、おねは秀吉《ひでよし》の菩提《ぼだい》を弔《とむら》うために髪《かみ》を下《お》ろし、竜子《たつこ》は伏見城《ふしみじょう》を出《で》て、琵琶湖《びわこ》の西南《せいなん》に位置《いち》する高次《たかつぐ》の居城《きょじょう》・大津城《おおつじょう》に移《うつ》りました。

「琵琶《びわ》の湖《うみ》……なんだか、なつかしいわ」

そして、春《はる》のある日《ひ》、竜子《たつこ》は琵琶湖《びわこ》の北西《ほくせい》に位置《いち》する海津《かいづ》へ向《む》かいました。そこには、かつての夫《おっと》・武田元明《たけだもとあき》の墓《はか》が、彼《かれ》が切腹《せっぷく》した宝幢院《ほうどういん》にあるのです。

「元明様《もとあきさま》……わたくし、琵琶《びわ》の湖《うみ》のほとりに住《す》むことになりましたわ。秀吉様《ひでよしさま》の妻《つま》のお役目《やくめ》も終《お》わりましたし、この先《さき》は弟夫婦《おとうとふうふ》のもとでのんびりと過《す》ごしますわね」

お参《まい》りを終《お》えて湖《みずうみ》のほとりに出《で》ますと、湖面《こめん》には春霞《はるがすみ》がかかっていました。幻想的《げんそうてき》な景色《けしき》を、竜子《たつこ》はしばらく無心《むしん》で眺《なが》めていました。

けれど、竜子《たつこ》の暮《く》らしは平穏《へいおん》なままではいられませんでした。秀吉《ひでよし》が亡《な》くなったあと、家康《いえやす》が徐々《じょじょ》にその尻尾《しっぽ》を出《だ》しはじめ、不穏《ふおん》な空気《くうき》が漂《ただよ》いはじめたからです。

慶長《けいちょう》5年《ねん》（1600年《ねん》）6月《がつ》、会津《あいづ》の上杉景勝《うえすぎかげかつ》にも謀反《むほん》の疑《うたが》いをかけて、「これを成敗《せいばい》する」として、挙兵《きょへい》しました。

そして、6月《がつ》18日《にち》、豊臣方《とよとみがた》の武将《ぶしょう》の多《おお》くを率《ひき》いて京《きょう》を発《た》った家康《いえやす》は、大津城《おおつじょう》に立《た》ち寄《よ》り、こ

こで一泊《いっぱく》することになったのです。

高次《たかつぐ》は家康《いえやす》を饗応《きょうおう》し、竜子《たつこ》も初《はつ》や高知《たかとも》とともにもてなしました。

「大津《おおつ》は交通《こうつう》の要衝《ようしょう》。ここを高次殿《たかつぐどの》にまかされたということは、亡《な》き太閤殿下《たいこうでんか》の信頼《しんらい》がいかに厚《あつ》かったかわかりますなあ。上方《かみがた》は今《いま》、心《こころ》もとないゆえ、なにかあればお頼《たの》み申《もう》しますぞ」

家康《いえやす》は高次《たかつぐ》にそう言《い》って、東《ひがし》へと向《む》かっていきました。

翌《よく》7月《がつ》、家康《いえやす》を討《う》つべく石田三成《いしだみつなり》が挙兵《きょへい》しました。豊臣《とよとみ》をないがしろにしはじめた家康《いえやす》を討《う》ち、秀頼《ひでより》を守《まも》ろうと考《かんが》えたのです。

三成《みつなり》は各地《かくち》の武将《ぶしょう》に味方《みかた》になるよう求《もと》め、高次《たかつぐ》にも促《うなが》してきました。高次《たかつぐ》が秀頼《ひでより》の義理《ぎり》の叔《お》父《じ》であるということもありますが、家康《いえやす》が言《い》っていたように大津《おおつ》は交通《こうつう》の要衝《ようしょう》ですので、押《お》さえておく必要《ひつよう》もあったのです。

高次《たかつぐ》は三成《みつなり》の西軍《せいぐん》につくことにし、人質《ひとじち》として嫡男《ちゃくなん》の熊麿《くままろ》（のちの忠高《ただたか》）を大坂《おおさか》へ送《おく》りました。「文禄《ぶんろく》の役《えき》」の頃《ころ》に、侍女《じじょ》に産《う》ませたあの子《こ》です。

そうして、高次《たかつぐ》は出陣《しゅつじん》していったのですが——。

高次《たかつぐ》は海津《かいづ》から船《ふね》で大津《おおつ》まで戻《もど》ってくると、9月3日《がつみっか》から籠城《ろうじょう》し、家康《いえやす》の東軍《とうぐん》についたことを表明《ひょうめい》しました。

これには初《はつ》も竜子《たつこ》も驚《おどろ》き、高次《たかつぐ》にさんざん文句《もんく》を言《い》いましたが、高次《たかつぐ》の気持《きも》ちは変《か》わりません。

高次《たかつぐ》の裏切《うらぎ》りは大坂《おおさか》にすぐ知《し》らされました。驚《おどろ》いた茶々《ちゃちゃ》がすぐに大津《おおつ》へ使者《ししゃ》を走《はし》らせ、思《おも》いとどまるよう説得《せっとく》しましたが、高次《たかつぐ》は応《おう》じず……。

大津城《おおつじょう》は、9月7日《がつなのか》から籠城戦《ろうじょうせん》に突入《とつにゅう》。

一万五千《まんせん》の大軍《たいぐん》が城《しろ》を包囲《ほうい》し、13日《にち》からは総攻撃《そうこうげき》がはじまりました。早《はや》くもその日《ひ》の夕方《ゆうがた》には二の丸《まる》が落《お》とされ、残《のこ》るは本丸《ほんまる》のみとなり――。

西軍《せいぐん》は、近《ちか》くの高台《たかだい》にある三井寺《みいでら》の境内《けいだい》から大砲《たいほう》を撃《う》ち込《こ》んできました。

ドォーン、ドォーン……と、激《はげ》しい音《おと》がする中《なか》、

「皆《みな》、怯《ひる》むでない！　本丸《ほんまる》は決《けっ》して落《お》ちぬ！」

これまでの人生《じんせい》で二度《ど》もの落城《らくじょう》を経験《けいけん》した初《はつ》は着物《きもの》の袖《そで》が邪魔《じゃま》にならないようにたすき掛《が》けにし、鉢巻《はちまき》を締《し》めて、気丈《きじょう》にも城《しろ》の女《おんな》たちを鼓舞《こぶ》して回《まわ》っています。

けれど、初《はじ》めての籠城戦《ろうじょうせん》に天守《てんしゅ》の二層目《そうめ》にいる竜子《たつこ》は震《ふる》え上《あ》がっていました。侍女《じじょ》たちがそんな竜子《たつこ》の背中《せなか》をさすって励《はげ》まします。

「竜子様《たつこさま》、お気《き》を強《つよ》くお持《も》ちくださいませ」

「夜《よる》になれば、きっと敵《てき》も引《ひ》き上《あ》げますゆえ」

「そ、そうよね……」

微笑《ほほえ》もうとした、次《つぎ》の瞬間《しゅんかん》でした。

ドォ――ン！！！

竜子《たつこ》の近《ちか》くに砲弾《ほうだん》が直撃《ちょくげき》し、侍女《じじょ》がふたり木《こ》っ端微塵《ぱみじん》になってしまったのです。

「姉上《あねうえ》、姉上《あねうえ》……！」

気《き》がつくと、竜子《たつこ》は高次《たかつぐ》に抱《だ》きかかえられていました。どうやら、先《さき》ほどの衝撃《しょうげき》で気絶《きぜつ》していたようです。

「もうやめてちょうだい！　高次《たかつぐ》、あなたは京極家《きょうごくけ》を潰《つぶ》すつもりですか!?」

けれど、高次《たかつぐ》は聞《き》き入《い》れず、その後《ご》も籠城《ろうじょう》は続《つづ》き――。

翌《よく》14日《か》、秀吉《ひでよし》の妻《つま》であった竜子《たつこ》を救《すく》うという名目《めいもく》で、おねと茶々《ちゃちゃ》からそれぞれ開城《かいじょう》を促《うなが》す使者《しゃ》が来《き》ました。これは竜子《たつこ》の救出《きゅうしゅつ》に名《な》を借《か》りた開城勧告《かいじょうかんこく》にほかなりません。

これ以上《いじょう》は無理《むり》だと悟《さと》った高次《たかつぐ》は和平《わへい》に応《おう》じ、15日《にち》の早朝《そうちょう》に城《しろ》を明《あ》け渡《わた》しました。

それは奇《く》しくも、のちに「天下分《てんかわ》け目《め》の戦《いくさ》」と呼《よ》ばれる「関ヶ原《せきがはら》の戦《たたか》い」の、まさに当日《とうじつ》だったのです。


「関《せき》ヶ原《がはら》の戦《たたか》い」は9月《がつ》15日《にち》の早朝《そうちょう》にはじまり、その日《ひ》の午後《ごご》には決着《けっちゃく》がつきました。

なんと、おねの甥《おい》である小早川秀秋《こばやかわひであき》が東軍《とうぐん》に寝返《ねがえ》り、それで勝敗《しょうはい》が決《けっ》してしまったのです。

のちに石田三成《いしだみつなり》は斬首《ざんしゅ》となり、戦《いくさ》のきっかけとなった会津《あいづ》の上杉《うえすぎ》も米沢《よねざわ》へ転封《てんぽう》され、石高《こくだか》も大《おお》幅《はば》に下《さ》げられて、力《ちから》を削《そ》がれることになりました。

高次《たかつぐ》は高野山《こうやさん》にて出家《しゅっけ》しましたが、やがて家康《いえやす》の求《もと》めに応《おう》じて下山《げざん》し、「西軍《せいぐん》の大軍《たいぐん》を大津《おおつ》にて引《ひ》き留《と》めてくれた」と礼《れい》を言《い》われ、若狭《わかさ》八万《まん》五千石《せんごく》を与《あた》えられました。

「関《せき》ヶ原《がはら》の戦《たたか》い」に参加《さんか》していた弟《おとうと》の高知《たかとも》は丹後一国《たんごいっこく》を与《あた》えられ、母《はは》のマリアも若狭《わかさ》との国境《くにざかい》にある丹後《たんご》の泉源寺村《せんげんじむら》に住《す》み、ここに此御堂《こみどう》を建《た》て、布教活動《ふきょうかつどう》を行《おこな》い――。

竜子《たつこ》は大津城《おおつじょう》が開城《かいじょう》したのち、京《きょう》へ移《うつ》され、出家《しゅっけ》しました。

弟《おとうと》ふたりが家康《いえやす》についたため、秀吉《ひでよし》の妻《つま》であった自分《じぶん》がそばにいるのは都合《つごう》が悪《わる》いだろうと思《おも》ったのもそうですが、戦《いくさ》に巻《ま》き込《こ》まれるのは二度《にど》とごめんだと思《おも》ったからです。

（この先《さき》はもう、静《しず》かに生《い》きていくわ）

砲弾《ほうだん》を受《う》けたあのときに、竜子《たつこ》は「自分《じぶん》は一度死《いちどし》んだのだ」と思《おも》いました。そして、元明《もとあき》や秀吉《ひでよし》、自分《じぶん》の代《か》わりに犠牲《ぎせい》となった侍女《じじょ》ふたりの冥福《めいふく》を祈《いの》りながら、ひっそりと生《い》きていこうと決《き》めたのです。

大坂城《おおさかじょう》では西《にし》の丸《まる》に御殿《ごてん》を与《あた》えられ、その後《ご》、秀吉《ひでよし》について伏見城《ふしみじょう》に移《うつ》ったあとは松《まつ》の丸《まる》に住《す》んで贅沢《ぜいたく》を極《きわ》めた竜子《たつこ》でしたが、今《いま》はすっかり、そういった〝欲《よく》〟がなくなってしまったのでした。

そうして、日々《ひび》は瞬《また》く間《ま》に過《す》ぎ――。

慶長《けいちょう》11年《ねん》（1606年《ねん》）、妹《いもうと》のマグダレナが亡《な》くなり、京《きょう》のイエズス会《かい》の聖堂《せいどう》で葬儀《そうぎ》が盛大《せいだい》に行《おこな》われました。マグダレナの夫《おっと》・朽木宣綱《くつきのぶつな》を強引《ごういん》に説《と》き伏《ふ》せたマリアが、キリスト教式《きょうしき》で弔《とむら》うことを主張《しゅちょう》したのです。

演奏隊《えんそうたい》が奏《かな》でる西洋式《せいようしき》の音楽《おんがく》や聖歌隊《せいかたい》の歌《うた》う讃美歌《さんびか》に、竜子《たつこ》は驚《おどろ》きました。仏《ほとけ》の前《まえ》で厳《おごそ》かに経《きょう》を上《あ》げる仏式《ぶっしき》の葬儀《そうぎ》とはまるで違《ちが》います。

竜子《たつこ》は妹《いもうと》の冥福《めいふく》を祈《いの》りながら、隣《となり》に座《すわ》る初《はつ》をちらりと見《み》ました。

初《はつ》は高次《たかつぐ》とともに、慶長《けいちょう》6年《ねん》（1601年《ねん》）に入信《にゅうしん》しました。

あの壮絶《そうぜつ》だった「大津《おおつ》城籠城戦《じょうろうじょうせん》」の翌年《よくとし》のことです。詳《くわ》しくは聞《き》いていませんが、出家《しゅっけ》した竜子《たつこ》のように、なにか思《おも》うところがあったのでしょう。

また、時《とき》は流《なが》れ――……。

慶長《けいちょう》14年《ねん》（1609年《ねん》）に、今度《こんど》は高次《たかつぐ》が亡《な》くなりました。

姉《あね》と妻《つま》のおかげで出世《しゅっせ》した「蛍大名《ほたるだいみょう》」だと、世間《せけん》から皮肉《ひにく》られたこともありましたが、地道《じみち》に京極家《きょうごくけ》を守《まも》ってくれたことに、マリアも竜子《たつこ》も感謝《かんしゃ》の気持《きも》ちでいっぱいでした。

（だんだんさみしくなるわね……。わたくしのお迎《むか》えはいつかしら？）

その日《ひ》が来《く》るまで陰《かげ》ながら京極家《きょうごくけ》を、そして、豊臣家《とよとみけ》を見守《みまも》っていこうと竜子《たつこ》は思《おも》ったのでした。

❖竜子《たつこ》は自由《じゆう》になったのか？❖

物語《ものがたり》で見《み》たように、秀吉《ひでよし》の死後《しご》、竜子《たつこ》は弟《おとうと》の高次夫妻《たかつぐふさい》に引《ひ》き取《と》られ、大津城《おおつじょう》へ移《うつ》りました。近江《おうみ》には生《う》まれ故郷《こきょう》の小谷《おだに》や亡《な》き夫《おっと》の墓《はか》のある海津《かいづ》、妹夫婦《いもうとふうふ》が住《す》む朽木《くつき》などがありますので、行《い》きたいときにこれらの場所《ばしょ》へ足《あし》を運《はこ》ぶこともできたのではないでしょうか。

しかし、竜子《たつこ》は大津城《おおつじょう》で壮絶《そうぜつ》な籠城戦《ろうじょうせん》を経験《けいけん》してしまいます。竜子《たつこ》のいた天守《てんしゅ》の二層目《そうめ》に大砲《たいほう》が落《お》ち、侍女《じじょ》がふたり犠牲《ぎせい》になったのです。このとき竜子《たつこ》はあまりのことに気絶《きぜつ》してしまったと伝《つた》えられています。

大津城開城《おおつじょうかいじょう》ののちに、京《きょう》へ移《うつ》された竜子《たつこ》は出家《しゅっけ》し、寿芳院《じゅほういん》と号《ごう》して、死《し》ぬまで京《きょう》で過《す》ごすことになりますが、おねや茶々《ちゃちゃ》、秀頼《ひでより》との交流《こうりゅう》は続《つづ》き、時折《ときおり》、贈《おく》り物《もの》や文《ふみ》を交《か》わしていたようで、慶長《けいちょう》9年《ねん》（1604年《ねん》）には、おねや豪姫《ごうひめ》（秀吉《ひでよし》の養女《ようじょ》）とともに豊国神社《とよくにじんじゃ》に祈祷《きとう》を依頼《いらい》したという記録《きろく》が残《のこ》っています。

「大坂夏《おおさかなつ》の陣《じん》」後《ご》、秀頼《ひでより》の息子《むすこ》・国松《くにまつ》の遺骸《いがい》を引《ひ》き取《と》って手厚《てあつ》く葬《ほうむ》ったことなどからも、竜子《たつこ》は最期《さいご》まで〝豊臣《とよとみ》の女《おんな》〟であるという誇《ほこ》りを胸《むね》に生《い》きたのではないでしょうか。

2 大坂夏《おおさかなつ》の陣《じん》、その後《ご》——慶長《けいちょう》20年《ねん》(1615年《ねん》)——

高次《たかつぐ》が亡《な》くなってから、五年後《ねんご》の慶長《けいちょう》19年《ねん》(1614年《ねん》)11月《がつ》、徳川《とくがわ》と豊臣《とよとみ》の戦《いくさ》が勃発《ぼっぱつ》しました。

のちの世《よ》に言《い》う「大坂冬《おおさかふゆ》の陣《じん》」です。茶々《ちゃちゃ》や秀頼《ひでより》は大坂城《おおさかじょう》で籠城戦《ろうじょうせん》に臨《のぞ》み、攻《せ》めあぐねた家《いえ》康《やす》は講和《こうわ》を持《も》ちかけ、12月《がつ》に和睦《わぼく》が成立《せいりつ》しました。

その頃《ころ》、京《きょう》の誓願寺《せいがんじ》にいた竜子《たつこ》は、この講和交渉《こうわこうしょう》に豊臣方《とよとみがた》から初《はつ》が立《た》ったことを知《し》りました。

(お初様《はつさま》も大変《たいへん》ね。姉《あね》と妹《いもうと》が敵同士《てきどうし》になってしまったのだもの……)

竜子《たつこ》にできることは、この先《さき》、二度《ど》と戦《いくさ》が起《お》きないよう、妹《いもうと》のようにかわいがっていた三姉《し》妹《まい》が過酷《かこく》な運命《うんめい》にもてあそばれないように祈《いの》ることだけです。

けれど、その甲斐《かい》もなく、翌年《よくとし》の慶長《けいちょう》20年《ねん》(1615年《ねん》)5月《がつ》、またもや戦《いくさ》——「大坂夏《おおさかなつ》の陣《じん》」がはじまってしまい……。

5月7日《がつなのか》に大坂城《おおさかじょう》が落城《らくじょう》。翌日《よくじつ》、茶々《ちゃちゃ》と秀頼《ひでより》が自刃《じじん》し、戦国時代最後《せんごくじだいさいご》の戦《いくさ》が終《お》わりました。


戦《いくさ》が終《お》わって、しばらくしてから――。

京《きょう》の竜子《たつこ》のもとに、ひとりの若《わか》い女《おんな》が訪《たず》ねてきました。

それは、大坂城《おおさかじょう》で茶々《ちゃちゃ》の侍女《じじょ》をしていたお菊《きく》でした。父親《ちちおや》が浅井家《あざいけ》の家臣《かしん》だったという縁《えん》で、茶々《ちゃちゃ》に仕《つか》えていたのです。お菊《きく》は初《はつ》から竜子《たつこ》に宛《あ》てた紹介状《しょうかいじょう》を持《も》っていました。

「まあ、落城《らくじょう》の最中《さなか》に逃《に》げてきたの？　大変《たいへん》だったわねえ」

竜子《たつこ》はお菊《きく》を休《やす》ませてやり、ひと息《いき》ついたところで話《はなし》を聞《き》きました。

お菊《きく》の話《はなし》はこうでした。

大坂城《おおさかじょう》が落城《らくじょう》したその日《ひ》、お菊《きく》は「まさか太閤様《たいこうさま》の城《しろ》が落《お》ちるなんて」とは思《おも》っていなかったので、下女《げじょ》にそば焼《や》きを作《つく》るように命《めい》じたのですが、その下女《げじょ》が台所《だいどころ》に立《た》ったとたん、あわてて戻《もど》ってきたのです。

「大変《たいへん》でございます、玉造《たまつくり》のほうが焼《や》けています！」

お菊《きく》も外《そと》の様子《ようす》を見《み》に行《い》きますと、あちこちから火《ひ》の手《て》が上《あ》がっていました。

「このままでは危《あぶ》ないわ、あなたもお逃《に》げなさい！」

お菊《きく》は自分《じぶん》の部屋《へや》へ戻《もど》ると、帷子《かたびら》を三枚《まい》、下帯《したおび》を三枚着込《まいきこ》み、秀頼《ひでより》から拝領《はいりょう》した鏡《かがみ》を懐《ふところ》に入《い》れてから竹流《たけなが》しを数本手《すうほんて》にして台所《だいどころ》へ向《む》かい、そこから着《き》ぶくれした姿《すがた》で外《そと》に出《で》ました。

すると、どういうわけか豊臣家《とよとみけ》の金《きん》の瓢箪《ひょうたん》の馬印《うまじるし》が地面《じめん》に落《お》ちていたので、ほかの女《おんな》たちとこれを拾《ひろ》い上《あ》げ、打《う》ち壊《こわ》して捨《す》てました。敵《てき》に奪《うば》われたら大変《たいへん》ですし、持《も》っていくわけにもいかないからです。

ようやく城外《じょうがい》へ出《で》ると、物陰《ものかげ》から錆《さ》びた刀《かたな》を手《て》にした武士《ぶし》がひとり出《で》てきて、

「金《かね》があれば出《だ》せ！」

と、脅《おど》してきたので、お菊《きく》は持《も》っていた竹流《たけなが》しを二本渡《ほんわた》して難《なん》を逃《のが》れました。戦《いくさ》では戦場《せんじょう》から勝者側《しょうしゃがわ》が「乱取《らんど》り」といって、敗者側《はいしゃがわ》の物品《ぶっぴん》や女《おんな》や子《こ》どもを奪《うば》って売《う》り飛《と》ばすのが当《あ》たり前《まえ》のように行《おこな》われていたので、そうならないようにするためです。

そうして、祖父《そふ》の代《だい》の縁《えん》を頼《たよ》ろうと思《おも》いついたお菊《きく》が、徳川方《とくがわがた》の武将《ぶしょう》・藤堂高虎《とうどうたかとら》の陣《じん》を目指《めざ》して走《はし》っていますと、

「常光院様《じょうこういんさま》、お通《とお》り」

と前《さき》ぶれが聞《き》こえてきました。

常光院《じょうこういん》とは、高次亡《たかつぐな》きあとに出家《しゅっけ》した初《はつ》の号《ごう》です。落城寸前《らくじょうすんぜん》まで姉《あね》のそばにいた初《はつ》は、脱出《だっしゅつ》する際《さい》、足《あし》を怪我《けが》したため、家臣《かしん》に背負《せお》われていました。

天《てん》の助《たす》けとばかりに、お菊《きく》は初《はつ》の一行《いっこう》に加《くわ》えてもらったのでした。

「あなた、強《つよ》いのねえ。わたくしがもしお城《しろ》にいたら、気絶《きぜつ》して動《うご》けなくなっていましてよ」

そう笑《わら》ってから、「あなたのおかげで、お初様《はつさま》のご様子《ようす》がわかってよかったわ」と竜子《たつこ》は礼《れい》を言《い》いました。

そのうち京極家《きょうごくけ》の使者《ししゃ》も近況《きんきょう》を伝《つた》えに来《く》るはずなので、そのときにお見舞《みま》いの品《しな》を届《とど》けなくては、と竜子《たつこ》は思《おも》いつつ、お菊《きく》に尋《たず》ねました。

「ねえ、お茶々様《ちゃちゃさま》と秀頼様《ひでよりさま》が自刃《じじん》したというのは本当《ほんとう》なの？」

「はい……。常光院様《じょうこういんさま》のもとを離《はな》れてこちらに来《く》るまでの間《あいだ》に、わたしは数日《すうじつ》、織田左門様《おださもんさま》の

屋敷《やしき》に匿《かくま》われていたのですが……。わたしが城《しろ》を出《で》た翌日《よくじつ》に山里曲輪《やまざとぐるわ》の糒庫《ほしいぐら》の中《なか》で、乳母《うば》の大《おお》蔵卿局様《くらきょうのつぼねさま》や大野治長様《おおのはるながさま》たちとともに果《は》てたという話《はなし》でございます」

織田左門《おださもん》というのは、冬《ふゆ》の陣《じん》のあとで徳川方《とくがわがた》に寝返《ねがえ》った茶々《ちゃちゃ》の母方《ははかた》の叔父《おじ》・織田有楽斎《おだうらくさい》の息《むす》子《こ》のことです。お菊《きく》は初《はつ》の一行《いっこう》にいた左門《さもん》の姪《めい》——秀頼《ひでより》に仕《つか》えていた女中《じょちゅう》——を送《おく》り届《とど》け、数《すう》日《じつ》そこで匿《かくま》ってもらっている間《あいだ》に大坂城《おおさかじょう》の最期《さいご》を知《し》ったと言《い》いました。

(お茶々様《ちゃちゃさま》と秀頼様《ひでよりさま》が……まだ信《しん》じられないわ。それに、秀吉様《ひでよしさま》がお造《つく》りになったあの巨大《きょだい》な城《しろ》が落《お》ちるなんて——)

竜子《たつこ》は袖《そで》で涙《なみだ》を抑《おさ》えながら、そのあともお菊《きく》の話《はなし》に耳《みみ》を傾《かたむ》けたのでした。

5月《がつ》23日《にち》、秀頼《ひでより》の息子《むすこ》・国松《くにまつ》が京《きょう》の六条河原《ろくじょうがわら》で処刑《しょけい》されました。

秀頼《ひでより》は正室《せいしつ》の千姫《せんひめ》(江《ごう》の長女《ちょうじょ》)との間《あいだ》に子《こ》はなく、側室《そくしつ》との間《あいだ》に国松《くにまつ》と奈阿姫《なあひめ》という子《こ》どもを得《え》ていました。その国松《くにまつ》が大坂城《おおさかじょう》から逃《に》げる途中《とちゅう》で家臣《かしん》たちとはぐれ、迷《まよ》い込《こ》んだ商家《しょうか》で世《せ》話《わ》になっていたのですが、徳川方《とくがわがた》の厳《きび》しい追《お》っ手《て》についに見《み》つかったという話《はなし》でした。

まだ八歳《はっさい》の国松《くにまつ》は、豊臣《とよとみ》の嫡流《ちゃくりゅう》を断《た》つために磔《はりつけ》にされたのです。奈阿姫《なあひめ》のほうは初《はつ》の働《はたら》きにより、無事《ぶじ》に千姫《せんひめ》のところへ送《おく》り届《とど》けられたようですが……。

竜子《たつこ》は国松《くにまつ》の遺骸《いがい》を引《ひ》き取《と》り、誓願寺《せいがんじ》にて手厚《てあつ》く葬《ほうむ》りました。

(世《よ》が世《よ》なら、この子《こ》はいずれ天下人《てんかびと》になったかもしれないのに……。豊臣《とよとみ》はこれで絶《た》えてしまったのね)

竜子《たつこ》は、くしゃっとした秀吉《ひでよし》の笑顔《えがお》を思《おも》い浮《う》かべました。

(秀吉様《ひでよしさま》、あなた様《さま》の孫《まご》ですよ。どうぞ、あたたかく迎《むか》えてあげてくださいましね)

それから、十九年後《ねんご》——。

寛永《かんえい》11年《ねん》(1634年《ねん》)、竜子《たつこ》は京《きょう》でひっそりと波乱《はらん》の人生《じんせい》を閉《と》じました。

この頃《ころ》には、母《はは》のマリアも江《ごう》も初《はつ》も亡《な》く、世《よ》の中《なか》は江《ごう》の息子《むすこ》——第三代将軍《だいさんだいしょうぐん》・家光《いえみつ》の時代《じだい》になっており、京極家《きょうごくけ》は甥《おい》の忠高《ただたか》のもと、松江《まつえ》二十六万石《まんごく》の大《おお》きさになっていました。

戦国姫《せんごくひめ》 ―初《はつ》の物語《ものがたり》― 年表《ねんぴょう》

1534年《ねん》	（天文《てんぶん》3年《ねん》）	織田信長《おだのぶなが》、尾張国《おわりのくに》にて誕生《たんじょう》
1537年《ねん》	（天文《てんぶん》6年《ねん》）	豊臣秀吉《とよとみひでよし》、尾張国《おわりのくに》にて誕生《たんじょう》
1542年《ねん》	（天文《てんぶん》11年《ねん》）	徳川家康《とくがわいえやす》、三河国《みかわのくに》にて誕生《たんじょう》
		京極《きょうごく》マリア、近江国《おうみのくに》にて誕生《たんじょう》（？）
1545年《ねん》	（天文《てんぶん》14年《ねん》）	浅井長政《あざいながまさ》、近江国《おうみのくに》にて誕生《たんじょう》
1547年《ねん》	（天文《てんぶん》16年《ねん》）	お市《いち》の方《かた》、尾張国《おわりのくに》にて誕生《たんじょう》
1562年《ねん》	（永禄《えいろく》5年《ねん》）	京極竜子《きょうごくたつこ》、近江国《おうみのくに》（小谷城京極丸《おだにじょうきょうごくまる》）にて誕生《たんじょう》（？）
1563年《ねん》	（永禄《えいろく》6年《ねん》）	京極高次《きょうごくたかつぐ》、近江国《おうみのくに》（小谷城京極丸《おだにじょうきょうごくまる》）にて誕生《たんじょう》
1564年《ねん》	（永禄《えいろく》7年《ねん》）	万福丸《まんぷくまる》（長政《ながまさ》の側室《そくしつ》の子《こ》で浅井家嫡男《あざいけちゃくなん》）、近江国《おうみのくに》にて誕生《たんじょう》
1567年《ねん》	（永禄《えいろく》10年《ねん》）	信長《のぶなが》、美濃《みの》を平定《へいてい》す。織田《おだ》と浅井《あざい》の同盟《どうめい》が成立《せいりつ》
1568年《ねん》	（永禄《えいろく》11年《ねん》）	お市《いち》の方《かた》、浅井長政《あざいながまさ》に嫁《とつ》ぐ
1569年《ねん》	（永禄《えいろく》12年《ねん》）	茶々《ちゃちゃ》、近江国《おうみのくに》（小谷城下《おだにじょうか》の清水谷館《きよみずだにやかた》）に生《う》まれる
1570年《ねん》	（永禄《えいろく》13年《ねん》）	初《はつ》、近江国《おうみのくに》（小谷城下《おだにじょうか》の清水谷館《きよみずだにやかた》）に生《う》まれる
1570年《ねん》	（元亀元年《げんきがんねん》）	金ケ崎《かねがさき》の退《の》き口《ぐち》。織田《おだ》と浅井《あざい》の同盟《どうめい》が破綻《はたん》する
		姉川《あねがわ》の戦《たたか》い
1573年《ねん》	（元亀《げんき》4年《ねん》）	槇島城《まきしまじょう》の戦《たたか》い。京極高次《きょうごくたかつぐ》、初陣《ういじん》
1573年《ねん》	（天正元年《てんしょうがんねん》）	信長《のぶなが》、京《きょう》より足利義昭《あしかがよしあき》を追放《ついほう》（室町幕府滅亡《むろまちばくふめつぼう》）
		江《ごう》、近江国《おうみのくに》（小谷城《おだにじょう》）に生《う》まれる
		万寿丸《まんじゅまる》（長政《ながまさ》の側室《そくしつ》の子《こ》）、近江国《おうみのくに》にて誕生《たんじょう》
		浅井氏滅亡《あざいしめつぼう》。長政《ながまさ》、自害《じがい》。万福丸《まんぷくまる》、処刑《しょけい》
		お市《いち》と三姉妹《しまい》は、お市《いち》の兄《あに》・信包《のぶかね》の伊勢上野城《いせうえのじょう》へ移《うつ》る
1581年《ねん》	（天正《てんしょう》9年《ねん》）	京極《きょうごく》マリア、安土城下《あづちじょうか》にて洗礼《せんれい》を受《う》ける
1582年《ねん》	（天正《てんしょう》10年《ねん》）	山崎《やまさき》の戦《たたか》い。秀吉《ひでよし》が明智光秀《あけちみつひで》を破《やぶ》る
		京極高次《きょうごくたかつぐ》、明智方《あけちがた》につき、敗走《はいそう》
		武田元明《たけだもとあき》、明智方《あけちがた》につき、切腹《せっぷく》
		京極竜子《きょうごくたつこ》、秀吉《ひでよし》の側室《そくしつ》になる
		清須会議《きよすかいぎ》（信長《のぶなが》の後継者《こうけいしゃ》を決《き》める重臣会議《じゅうしんかいぎ》）
		お市《いち》の方《かた》、柴田勝家《しばたかついえ》と再婚《さいこん》。三姉妹《しまい》も越前国《えちぜんのくに》に移《うつ》る
1583年《ねん》	（天正《てんしょう》11年《ねん》）	賤ケ岳《しずがたけ》の戦《たたか》い
		お市《いち》の方《かた》、夫《おっと》・勝家《かついえ》とともに越前国《えちぜんのくに》（北ノ庄城《きたのしょうじょう》）で死《し》す
		三姉妹《しまい》、秀吉《ひでよし》の保護下《ほごか》に置《お》かれる
1585年《ねん》	（天正《てんしょう》13年《ねん》）	秀吉《ひでよし》、四国平定《しこくへいてい》。関白《かんぱく》に就任《しゅうにん》
1587年《ねん》	（天正《てんしょう》15年《ねん》）	秀吉《ひでよし》、九州平定《きゅうしゅうへいてい》
		秀吉《ひでよし》、伴天連追放令発布《ばてれんついほうれいはっぷ》

1590年《ねん》（天正《てんしょう》18年《ねん》）
1592年《ねん》（天正《てんしょう》20年《ねん》）
1592年《ねん》（文禄元年《ぶんろくがんねん》）
1593年《ねん》（文禄《ぶんろく》2年《ねん》）
1595年《ねん》（文禄《ぶんろく》4年《ねん》）
1597年《ねん》（慶長《けいちょう》2年《ねん》）
1598年《ねん》（慶長《けいちょう》3年《ねん》）
1600年《ねん》（慶長《けいちょう》5年《ねん》）
1603年《ねん》（慶長《けいちょう》8年《ねん》）
1605年《ねん》（慶長《けいちょう》10年《ねん》）
1606年《ねん》（慶長《けいちょう》11年《ねん》）
1609年《ねん》（慶長《けいちょう》14年《ねん》）
1614年《ねん》（慶長《けいちょう》19年《ねん》）
1615年《ねん》（慶長《けいちょう》20年《ねん》）
1618年《ねん》（元和《げんな》4年《ねん》）
1623年《ねん》（元和《げんな》9年《ねん》）
1626年《ねん》（寛永《かんえい》3年《ねん》）
1630年《ねん》（寛永《かんえい》7年《ねん》）
1632年《ねん》（寛永《かんえい》9年《ねん》）
1633年《ねん》（寛永《かんえい》10年《ねん》）
1634年《ねん》（寛永《かんえい》11年《ねん》）

京極高次《きょうごくたかつぐ》、近江大溝城《おうみおおみぞじょう》一万石《まんごく》の大名《だいみょう》になる
この年《とし》、初《はつ》、京極高次《きょうごくたかつぐ》と結婚《けっこん》
小田原《おだわら》攻め。秀吉《ひでよし》、天下統一《てんかとういつ》をなす
京極高次《きょうごくたかつぐ》、近江八幡山城《おうみはちまんやまじょう》二万八千石《まんはっせんごく》となる
江《ごう》、秀吉《ひでよし》の甥《おい》・秀勝《ひでかつ》に嫁《とつ》ぐ（二度目《どめ》の結婚《けっこん》。同年《どうねん》、死別《しべつ》）
文禄《ぶんろく》の役《えき》（第《だい》一次朝鮮出兵《じちょうせんしゅっぺい》）
竜子《たつこ》、茶々《ちゃちゃ》とともに肥前国《ひぜんのくに》・名護屋城《なごやじょう》へ
茶々《ちゃちゃ》、秀頼《ひでより》を産《う》む
京極忠高《きょうごくただたか》（高次《たかつぐ》の側室《そくしつ》の子《こ》。幼名《ようみょう》・熊麿《くままろ》）誕生《たんじょう》
江《ごう》、徳川秀忠《とくがわひでただ》に嫁《とつ》ぐ（三度目《どめ》の結婚《けっこん》）
京極高次《きょうごくたかつぐ》、近江大津城《おうみおおつじょう》六万石《ろくまんごく》となる
慶長《けいちょう》の役《えき》（第《だい》二次朝鮮出兵《じちょうせんしゅっぺい》）
醍醐《だいご》の花見《はなみ》
秀吉《ひでよし》、伏見城《ふしみじょう》にて死去《しきょ》
関ヶ原《せきがはら》の戦《たたか》い
大津城籠城戦《おおつじょうろうじょうせん》
竜子《たつこ》、出家《しゅっけ》し、京《きょう》へ移《うつ》る
京極高次《きょうごくたかつぐ》、若狭《わかさ》一国八万五千石《いっこくはちまんごせんごく》となる
初《はつ》、弟《おとうと》の喜八郎《きはちろう》（万寿丸《まんじゅまる》）を若狭《わかさ》に引《ひ》き取《と》る
家康《いえやす》、徳川幕府《とくがわばくふ》を開《ひら》き、初代将軍《しょだいしょうぐん》となる
江《ごう》の四女《じょ》・初姫《はつひめ》、伏見《ふしみ》に誕生《たんじょう》。初《はつ》が養女《ようじょ》にもらう
千姫《せんひめ》、秀頼《ひでより》に嫁《とつ》ぐ
家康《いえやす》、将軍職《しょうぐんしょく》を辞《じ》し、秀忠《ひでただ》が第《だい》二代将軍《だいしょうぐん》に就任《しゅうにん》
京極忠高《きょうごくただたか》と初《はつ》の養女《ようじょ》・初姫《はつひめ》が結婚《けっこん》する
京極高次《きょうごくたかつぐ》、死去《しきょ》。忠高《ただたか》が家督《かとく》を継《つ》ぐ
方広寺鐘銘事件《ほうこうじしょうめいじけん》
大坂冬《おおさかふゆ》の陣《じん》。初《はつ》、講和《こうわ》の使者《ししゃ》となる
大坂夏《おおさかなつ》の陣《じん》。茶々《ちゃちゃ》、秀頼《ひでより》とともに自害《じがい》。豊臣氏滅亡《とよとみしめつぼう》
京極《きょうごく》マリア、死去《しきょ》
徳川家光《とくがわいえみつ》、第《だい》三代将軍《だいしょうぐん》に就任《しゅうにん》
江《ごう》、江戸城《えどじょう》にて死去《しきょ》
初《はつ》の養女《ようじょ》・初姫《はつひめ》、江戸《えど》にて死去《しきょ》
徳川秀忠《とくがわひでただ》、死去《しきょ》
初《はつ》、江戸《えど》の京極屋敷《きょうごくやしき》にて死去《しきょ》
京極竜子《きょうごくたつこ》、京《きょう》にて死去《しきょ》

戦国姫《せんごくひめ》 —初《はつ》の物語《ものがたり》— 用語集《ようごしゅう》

●家督（かとく）
家長権《かちょうけん》のこと。基本的《きほんてき》に嫡男《ちゃくなん》が単独《たんどく》相続《そうぞく》する。日本国憲法施行後《にほんこくけんぽうしこうご》、この制度《せいど》は廃止《はいし》された。

●関白（かんぱく）
天皇《てんのう》を補佐《ほさ》し、政務《せいむ》をつかさどる重職《じゅうしょく》。

●棄教（ききょう）
信仰《しんこう》していた宗教《しゅうきょう》を捨《す》てること。

●キリシタン
宣教師《せんきょうし》フランシスコ・ザビエルらによって日本《にほん》に伝《つた》えられたカトリックの教《おし》えと、その信徒《しんと》。

●国替え（くにがえ）
大名《だいみょう》の領地《りょうち》を他《ほか》に移《うつ》し替《か》えること。

●五大老（ごたいろう）
豊臣家《とよとみけ》の政治《せいじ》を行《おこな》う。当初《とうしょ》は徳川家康《とくがわいえやす》、前田利家《まえだとしいえ》、毛利輝元《もうりてるもと》、宇喜多秀家《うきたひでいえ》、小《こ》早川隆景《ばやかわたかかげ》、小早川《こばやかわ》の死後《しご》、上杉景勝《うえすぎかげかつ》が任《にん》じられた。

●五奉行（ごぶぎょう）
豊臣家《とよとみけ》の実務《じつむ》を担《にな》う。前田玄以《まえだげんい》、石《いし》田三成《だみつなり》、浅野長政《あさのながまさ》、増田長盛《ましたながもり》、長束《なつか》正家《まさいえ》が任《にん》じられた。

●征夷大将軍（せいいたいしょうぐん）
幕府政権《ばくふせいけん》の長《おさ》。

●正室（せいしつ）
正式《せいしき》な妻《つま》のこと。

●側室（そくしつ）
正室以外《せいしついがい》の妻《つま》のこと。戦国時代《せんごくじだい》は子孫《しそん》を残《のこ》すため多《おお》くの大名《だいみょう》が側室《そくしつ》を迎《むか》えた。

●嫡男（ちゃくなん）
後継《あとつ》ぎと定《さだ》められた男子《だんし》をさす。正《せい》室《しつ》の子《こ》と側室《そくしつ》の子《こ》では、正室《せいしつ》の子《こ》が優先《ゆうせん》される場合《ばあい》が多《おお》い。

●伴天連追放令（ばてれんついほうれい）
豊臣秀吉《とよとみひでよし》が発令《はつれい》したキリスト教《きょう》の信仰《しんこう》の禁止《きんし》と、キリスト教宣教師《きょうせんきょうし》の国外追《こくがいつい》放令《ほうれい》。

●御台所（みだいどころ）
大臣《だいじん》や将軍《しょうぐん》の正室《せいしつ》。

●籠城（ろうじょう）
城《しろ》などにたてこもって、敵《てき》を防《ふせ》ぐこと。

●浪人（ろうにん）
仕《つか》えていた家《いえ》を離《はな》れた武士《ぶし》。

●越後国（えちごのくに）
現在《げんざい》の新潟県《にいがたけん》の佐渡《さど》をのぞく全域《ぜんいき》。

●越前国（えちぜんのくに）
現在《げんざい》の福井県北東部《ふくいけんほくとうぶ》。

●近江国（おうみのくに）
現在《げんざい》の滋賀県《しがけん》。

●尾張国（おわりのくに）
現在《げんざい》の愛知県西部《あいちけんせいぶ》。

●美濃国（みののくに）
現在《げんざい》の岐阜県南部《ぎふけんなんぶ》。

●若狭国（わかさのくに）
現在《げんざい》の福井県南西部《ふくいけんなんせいぶ》。

戦国姫《せんごくひめ》 —初《はつ》の物語《ものがたり》—

参考《さんこう》文献《ぶんけん》

★「浅井三姉妹の戦国日記 姫たちの夢」八幡和郎・八幡衣代：著（文春文庫）

★「浅井三姉妹を歩く」長浜市長浜城歴史博物館：編（サンライズ出版）

★「小谷小学校ふるさと読本 浅井氏三代と小谷城」
小谷小学校 歴史・文化ボランティア 亀花クラブ：編

★「近江浅井氏 小谷城と城下をゆく」小谷城下まちめぐりウォーク実行委員会発行

★「茶々、初、江 戦国美人三姉妹の足跡を追う」鳥越一朗：著（ユニプラン）

★「戦国三姉妹　茶々・初・江の数奇な生涯」小和田哲男：著（角川選書）

★「戦国三姉妹の栄華と悲惨―茶々・お初・お江―」立石優：著（明治書院）

★「淀殿 われ太閤の妻となりて」福田千鶴：著（ミネルヴァ書房）

★「人物叢書　淀君」桑田忠親：著（吉川弘文館）

★「歴史文化ライブラリー 274 北政所と淀殿 豊臣家を守ろうとした妻たち」
小和田哲男：著（吉川弘文館）

★「姫君たちの大戦国絵巻」新人物往来社：編（新人物往来社）

★「週刊 日本の 100人 003号 豊臣秀吉」（デアゴスティーニ・ジャパン）

あとがき　——鳥《とり》のように飛《と》べたなら——

みなさん、こんにちは。藤咲《ふじさき》あゆなです。

『戦国姫《せんごくひめ》―初《はつ》の物語《ものがたり》―』は、楽《たの》しんでいただけましたでしょうか？

『戦国姫』シリーズは、おかげさまで、この巻《かん》でめでたく10巻目《かんめ》を数《かぞ》えました！　「―鳥《とり》の巻《まき》―」からのスピンアウトは「初《はつ》」が初《はじ》めてになります。初《はつ》はファンレターの数《かず》も多《おお》く、とても人気《にんき》のあるお姫様《ひめさま》です。ファンのみなさん、大変《たいへん》お待《ま》たせしました～！

今回《こんかい》は特別読《とくべつよ》み切《き》りとして、初《はつ》の従姉《いとこ》で義理《ぎり》の姉《あね》となる「京極竜子《きょうごくたつこ》」の短編《たんぺん》も収録《しゅうろく》しましたが、カバーのそでに掲載《けいさい》した初《はつ》と竜子《たつこ》のシーンは「―鳥《とり》の巻《まき》―」の「初姫《はつひめ》」のシーンとリンクしています。両方《りょうほう》お持《も》ちの方《かた》は、「―鳥《とり》の巻《まき》―」の初《はつ》の視点《してん》と今回《こんかい》の竜子《たつこ》の視点《してん》の違《ちが》いをお楽《たの》しみいただければと思《おも》います（これ以外《いがい》のシーンも「―月《つき》の巻《まき》―」の「お市《いち》の方《かた》」や「―茶々《ちゃちゃ》の物語《ものがたり》―」など、ところどころリンクしていますので、お時間《じかん》あれば探《さが》してみてくださいね）。

それでは、ここで初《はつ》にまつわる様々《さまざま》なエピソードについてふれていきましょう。

「初《はつ》が生《う》まれたのはいつなのか」

茶々《ちゃちゃ》と初《はつ》は年子《としご》だというのが定説《ていせつ》で、初《はつ》は浅井《あざい》と織田《おだ》が激突《げきとつ》した「姉川《あねがわ》の戦《たたか》い」（元亀元年《げんきがんねん》／1570年《ねん》）の年《とし》に生《う》まれたといわれていますが、何月何日《なんがつなんにち》に生《う》まれたのかはわかりません。もしかしたら「姉川《あねがわ》の戦《たたか》い」のときは、まだお市《いち》のお腹《なか》にいたのかもしれませんが……。

初《はつ》は茶々《ちゃちゃ》と同《おな》じく小谷山《おだにやま》の麓《ふもと》の清水谷館《きよみずだにやかた》で生《う》まれたといわれており、「姉川《あねがわ》の戦《たたか》い」の際《さい》、麓《ふもと》は危険《きけん》なので、浅井家《あざいけ》は山《やま》の上《うえ》の小谷城《おだにじょう》へ移《うつ》っています。信長《のぶなが》はおそらく、お市《いち》がいないことを確認《かくにん》した上《うえ》で清水谷《きよみずだに》の町《まち》を焼《や》き払《はら》っていますので、そういった出来事《できごと》から逆算《ぎゃくさん》して、私《わたし》は「初《はつ》はこの年《とし》の6月下旬《がつげじゅん》までに生《う》まれた」と考《かんが》えました。

「弟《おとうと》・万寿丸《まんじゅまる》はどこで生《う》まれたのか」

これまたわからないことだらけですので、身《み》ごもった側室《そくしつ》を宿下《やどさ》がりさせた、という設定《せってい》にしました。私《わたし》が長政《ながまさ》だったら、姉《あね》の昌安見久尼《しょうあんけんきゅうに》に今後《こんご》のことを託《たく》すだろうと思《おも》い、「三姉妹《しまい》を法衣《ほうえ》の袖《そで》に隠《かく》した」という伝承《でんしょう》も入《い》れたかったので、物語《ものがたり》の中《なか》に絡《から》めてみました。

「さすらいの万寿丸《まんじゅまる》」

万寿丸《まんじゅまる》（喜八郎《きはちろう》）は初《はつ》たちが秀吉《ひでよし》に引《ひ》き取《と》られたのちに、その存在《そんざい》が発覚《はっかく》したものと思《おも》われ、最初《さいしょ》は信長《のぶなが》の四男《なん》で秀吉《ひでよし》の養子《ようし》となっていた秀勝《ひでかつ》に仕《つか》えますが、秀勝《ひでかつ》は天正《てんしょう》13年《ねん》（1585年《ねん》）に病死《びょうし》してしまいます。その次《つぎ》は秀吉《ひでよし》の弟《おとうと》・秀長《ひでなが》に仕《つか》えましたが、この秀長《ひでなが》も天正《てんしょう》19年《ねん》

（1591年《ねん》）に病死《びょうし》……。喜八郎《きはちろう》は秀長《ひでなが》の居城《きょじょう》・大和郡山城《やまとこおりやまじょう》を引《ひ》き継《つ》いだ、のちの五奉行《ごぶぎょう》のひとり、増田長盛《ましたながもり》にそのまま仕《つか》えますが、増田《ました》は「関ヶ原《せきがはら》の戦《たたか》い」（慶長《けいちょう》5年《ねん》／1600年《ねん》）の折《おり》、西軍《せいぐん》についたため、いわゆる〝関ヶ原浪人《せきがはらろうにん》〟になってしまいます。その後《ご》は讃岐《さぬき》の生駒《いこま》家《け》に身《み》を寄《よ》せていましたが、「大坂《おおさか》の陣《じん》」が勃発《ぼっぱつ》すると、姉《あね》・茶々《ちゃちゃ》の力《ちから》になろうと思《おも》ったのか、讃岐《さぬき》を飛《と》び出《だ》して大坂城《おおさかじょう》へ駆《か》けつけました。「大坂夏《おおさかなつ》の陣《じん》」ののちに、初《はつ》を頼《たよ》って若狭《わかさ》へ流《なが》れたのは物語《ものがたり》でも見《み》た通《とお》りで、初《はつ》の遺言書《ゆいごんしょ》「かきおきのこと」の九ヶ条目《かじょうめ》に、喜八郎《きはちろう》（作庵《さくあん》）の今後《こんご》のことを忠高《ただたか》に託《たく》している項目《こうもく》があります。喜八郎《きはちろう》は長生《ながい》きし、なんと九十歳《さい》の長寿《ちょうじゅ》をまっとうしたそうです。大《おお》きな出世《しゅっせ》はできませんでしたが、浅井《あざい》の血《ち》を引《ひ》く弟《おとうと》を守《まも》ったことを、初《はつ》は誇《ほこ》らしく思《おも》っていたでしょうね。

「初《はつ》はなぜ自由《じゆう》に動《うご》けたのか」

夫《おっと》の高次《たかつぐ》が亡《な》くなったのち、初《はつ》は多《おお》くの大名夫人《だいみょうふじん》がそうするように夫《おっと》の菩提《ぼだい》を弔《とむら》うために出家《しゅっけ》し、常光院《じょうこういん》と号《ごう》することになりました。もう大名《だいみょう》の奥方《おくがた》ではなく、出家《しゅっけ》して俗世《ぞくせ》を離《はな》れた身《み》となったので、これまでより自由《じゆう》に動《うご》けるようになったのです。立場上《たちばじょう》、気軽《きがる》に外《そと》へ出《で》ることのできない姉《あね》と妹《いもうと》……実質上《じっしつじょう》、豊臣家《とよとみけ》の代表《だいひょう》である姉《あね》の茶々《ちゃちゃ》と将軍夫人《しょうぐんふじん》である妹《いもうと》の江《ごう》、どちらのところへも足《あし》を運《はこ》べる立場《たちば》だったのですね。茶々《ちゃちゃ》や江《ごう》は実際《じっさい》、初《はつ》を通《とお》して互《たが》いの消息《しょうそく》を確《たし》かめ合《あ》っていたと言《い》われています。

「初《はつ》はなぜ秀頼《ひでより》の子《こ》どもを預《あず》かったのか」

秀頼《ひでより》は千姫《せんひめ》との間《あいだ》に子《こ》はできませんでしたが、一男《なん》一女《じょ》を側室《そくしつ》との間《あいだ》にもうけていました。それが国松《くにまつ》と奈阿姫《なあひめ》です（母《はは》は同《おな》じか別《べつ》なのかはわかりません）。このふたりは関東《かんとう》の徳川家《とくがわけ》への聞《き》こえを憚《はばか》り、公《おおやけ》にされておらず、一時期《いちじき》、秀頼《ひでより》の叔母《おば》である初《はつ》が預《あず》かることになり、京《きょう》の京極屋敷《きょうごくやしき》で面倒《めんどう》を見《み》ていたこともあったとか。国松《くにまつ》は「大坂冬《おおさかふゆ》の陣《じん》」の前《まえ》に、初《はつ》が連《つ》れて大《おお》坂城《さかじょう》に入《はい》り、そのとき生《う》まれて初《はじ》めて父《ちち》の秀頼《ひでより》と対面《たいめん》したそうです。そういったわけで、秀頼《ひでより》の子《こ》どもたちと縁《えん》の深《ふか》かった初《はつ》が奈阿姫《なあひめ》を匿《かくま》い、千姫《せんひめ》に知《し》らせたことによって命《いのち》が助《たす》かり、尼《あま》として生《い》きることになったのですね。

「初《はつ》の墓《はか》はどこにあるのか」

若狭《わかさ》の小京都《しょうきょうと》といわれる福井県小浜市《ふくいけんおばまし》の常高寺《じょうこうじ》にあります。この寺《てら》は初《はつ》が亡《な》くなる三年前《ねんまえ》に彼女《かのじょ》の願《ねが》いで建《た》てられたもので、京極家《きょうごくけ》が若狭《わかさ》へ移《うつ》ってから最初《さいしょ》に入《はい》った城《しろ》——後瀬山城《のちせやまじょう》のある後瀬山《のちせやま》の麓《ふもと》にあります。初《はつ》は「かきおきのこと」の二ケ条目《かじょうめ》で「私《わたし》が死《し》んだあと、国替《くにが》えがあっても、常高寺《じょうこうじ》はそのまま小浜《おばま》にて存続《そんぞく》するようにしてほしい」と書《か》いており、京極家《きょうごくけ》は高《たか》次《つぐ》の菩提寺《ぼだいじ》は国替《くにが》えの際《さい》に移《うつ》しましたが、常高寺《じょうこうじ》は遺言《ゆいごん》を守《まも》ってそのままにしておいたそうです。「常光院殿松巌栄昌大姉《じょうこういんでんしょうげんえいしょうだいし》」となった初《はつ》の墓《はか》は四メートルの大《おお》きさを誇《ほこ》る宝篋印塔《ほうきょういんとう》で、彼女《かのじょ》のそばにいた小少将《こしょうしょう》をはじめ七人《にん》の侍女《じじょ》たちの墓《はか》が、在《あ》りし日《ひ》、上座《かみざ》の初《はつ》を中心《ちゅうしん》におしゃべりしていた頃《ころ》のように並《なら》んでいます。ただ、本殿《ほんでん》からは十五分《ふん》もかかる道《みち》のりですので、お墓参《はかまい》りの際《さい》は時間《じかん》の余裕《よゆう》を持《も》っていくことをオススメします。

では、次《つぎ》に「京極竜子《きょうごくたつこ》」についてふれていきますね。

「秀吉《ひでよし》の孫《まご》・国松《くにまつ》をなぜ弔《とむら》ったのか」

国松《くにまつ》の存在《そんざい》が知《し》られたのは、「大坂夏《おおさかなつ》の陣《じん》」終結後《しゅうけつご》、家康《いえやす》が奈阿姫《なあひめ》の存在《そんざい》を知《し》ってすぐだったそうで、豊臣《とよとみ》の血筋《ちすじ》を絶《た》やすために大急《おおいそ》ぎで探《さが》させたようです。国松《くにまつ》は落城前《らくじょうまえ》に秀頼《ひでより》と別《わか》れの盃《さかずき》を交《か》わしてから、家臣《かしん》たちに守《まも》られて逃《に》げたのですが、その途中《とちゅう》ではぐれ、商家《しょうか》で匿《かくま》われていたところを徳川方《とくがわがた》に見《み》つかりました。徳川《とくがわ》はすぐに京極屋敷《きょうごくやしき》で守役《もりやく》をしていた田中六左衛門《たなかろくざえもん》に確認《かくにん》を取《と》り、国松《くにまつ》が処刑《しょけい》されることを知《し》った六左衛門《ろくざえもん》は一緒《いっしょ》に処刑《しょけい》されたいと願《ねが》って、その通《とお》りになりました。捕《と》らえられた翌々日《よくよくじつ》の5月《がつ》23日《にち》、国松《くにまつ》は市中引《しちゅうひ》き回《まわ》しの上《うえ》、六条河原《ろくじょうがわら》で斬首《ざんしゅ》の刑《けい》を受《う》け……。その後《ご》、竜子《たつこ》が遺骸《いがい》を引《ひ》き取《と》り、誓願寺《せいがんじ》にて葬《ほうむ》りました。京極家《きょうごくけ》は徳川《とくがわ》の家臣《かしん》なので、初《はつ》は国松《くにまつ》の遺骸《いがい》を引《ひ》き取《と》りたくても引《ひ》き取《と》れなかったのでしょう。そこでおそらく竜子《たつこ》に頼《たの》んで、菩提《ぼだい》を弔《とむら》ってもらうことになったのだと思《おも》います。

「竜子《たつこ》の墓《はか》はどこにあるのか」

最初《さいしょ》は、国松《くにまつ》を葬《ほうむ》った誓願寺《せいがんじ》に墓《はか》があったそうですが、明治《めいじ》の末頃《すえごろ》に秀吉《ひでよし》の墓所《ぼしょ》である豊国《ほうこく》廟《びょう》に国松《くにまつ》と一緒《いっしょ》に移《うつ》されたそうです。向《む》かって右《みぎ》の大《おお》きな五輪塔《ごりんとう》が竜子《たつこ》、左《ひだり》の小《ちい》さな五輪塔《ごりんとう》が国松《くにまつ》というように、ふたりは並《なら》んで眠《ねむ》っています。

さて、ここまでお読《よ》みいただき、ありがとうございました。

最後《さいご》まで読《よ》んでくださったあなたに、最大級《さいだいきゅう》の感謝《かんしゃ》を。

姉《あね》の茶々《ちゃちゃ》と妹《いもうと》の江《ごう》、それぞれから頼《たよ》りにされた真《ま》ん中《なか》の初《はつ》は、上《うえ》を上手《じょうず》に立《た》てることもでき、下《した》の面倒見《めんどうみ》もよい女性《じょせい》だったのではないかと思《おも》います。彼女《かのじょ》の人生《じんせい》を追《お》っていけば、世渡《よわた》りの秘訣《ひけつ》がわかるかもしれませんよ。

この本《ほん》が、いつかあなたの心《こころ》の翼《つばさ》を広《ひろ》げるきっかけになれば、大変《たいへん》うれしく思《おも》います。

どこへ飛《と》んでいこうとも、初《はつ》のように自分《じぶん》らしくありたいものですね。

藤咲《ふじさき》あゆな

『戦国姫《せんごくひめ》』シリーズでは、
読者《どくしゃ》の皆《みな》さまからの
ファンレターを募集《ぼしゅう》しています。

藤咲《ふじさき》あゆな先生《せんせい》・マルイノ先生《せんせい》への
質問《しつもん》やメッセージ
作品《さくひん》へのご意見《いけん》、ご感想《かんそう》を
お待《ま》ちしています！

《あて先《さき》》

〒101-8050　東京都千代田区一ツ橋2-5-10
集英社みらい文庫編集部　『戦国姫』おたより係
（あなたの住所《じゅうしょ》・氏名《しめい》を忘《わす》れずにご記入《きにゅう》ください）

集英社みらい文庫

戦国姫《せんごくひめ》

―初《はつ》の物語《ものがたり》―

藤咲《ふじさき》あゆな　作

マルイノ　絵

ファンレターのあて先
〒101-8050　東京都千代田区一ツ橋2-5-10　集英社みらい文庫編集部
いただいたお便りは編集部から先生におわたしいたします。

2018年 6月27日　第1刷発行

発行者　北畠輝幸
発行所　株式会社 集英社
〒101-8050　東京都千代田区一ツ橋2-5-10
電話　編集部 03-3230-6246
読者係 03-3230-6080
販売部 03-3230-6393(書店専用)
http://miraibunko.jp
装丁　小松 昇(Rise Design Room)　中島由佳理
印刷　大日本印刷株式会社　凸版印刷株式会社
製本　大日本印刷株式会社

ISBN978-4-08-321444-8　C8293　N.D.C.913　204P　18cm

からのお知らせ

戦《せん》国《ごく》の世《よ》に、美《うつく》しく強《つよ》く生《い》きた姫《ひめ》たちの物語《ものがたり》！

「戦国姫《せんごくひめ》」シリーズ

藤咲《ふじさき》あゆな・作《さく》
マルイノ・絵《え》

―風《かぜ》の巻《まき》―

茶々《ちゃちゃ》、おね、義姫《よしひめ》、愛姫《めごひめ》、満天姫《まてひめ》、督姫《とくひめ》、井伊直虎《いいなおとら》、立花誾千代《たちばなぎんちよ》、大祝鶴姫《おおほうりつるひめ》…9人《にん》の物語《ものがたり》を収録《しゅうろく》。

―花《はな》の巻《まき》―

江姫《ごうひめ》、駒姫《こまひめ》、千姫《せんひめ》、奈阿姫《なあひめ》、甲斐姫《かいひめ》、おつやの方《かた》、濃姫《のうひめ》…7人《にん》の物語《ものがたり》を収録《しゅうろく》。

―月《つき》の巻《まき》―

築山殿《つきやまどの》、寿桂尼《じゅけいに》、綾姫《あやひめ》、お船《せん》の方《かた》、松姫《まつひめ》、北条夫人《ほうじょうふじん》、お市《いち》の方《かた》…7人《にん》の物語《ものがたり》を収録《しゅうろく》。

―鳥《とり》の巻《まき》―

初姫《はつひめ》、京極竜子《きょうごくたつこ》、豪姫《ごうひめ》、まつ、小松姫《こまつひめ》、千代《ちよ》、細川《ほそかわ》ガラシャ…7人《にん》の物語《ものがたり》を収録《しゅうろく》。

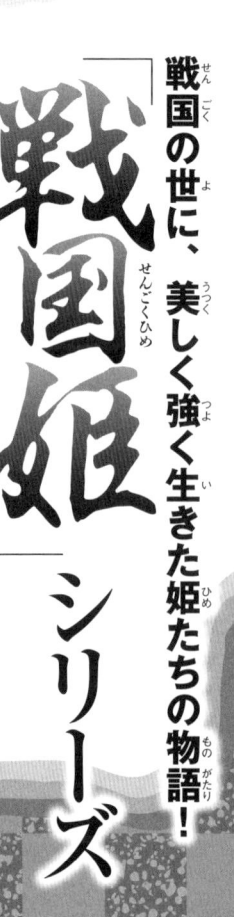

集英社みらい文庫

—松姫《まつひめ》の物語《ものがたり》—

武田信玄《たけだしんげん》の五女《ごじょ》・松姫《まつひめ》は七歳《ななさい》で織田信長《おだのぶなが》の嫡男《ちゃくなん》・信忠《のぶただ》と婚約《こんやく》するが、五年後破談《ごねんごはだん》となり…。

—井伊直虎《いいなおとら》の物語《ものがたり》—

お家断絶《いえだんぜつ》の危機《きき》にあった井《い》伊《い》の姫《ひめ》・祐《ゆう》は、名《な》を「直虎《なおとら》」と改《あらた》め、井伊家《いいけ》の当主《とうしゅ》となる…!

—茶々《ちゃちゃ》の物語《ものがたり》—

浅井三姉妹《あざいさんしまい》の長女《ちょうじょ》・茶々《ちゃちゃ》。豊臣秀吉《とよとみひでよし》の側室《そくしつ》となり秀頼《ひでより》を生《う》んだ彼女《かのじょ》の人生《じんせい》とは…。

—瀬名姫《せなひめ》の物語《ものがたり》—

徳川家康《とくがわいえやす》の妻《つま》・瀬名姫《せなひめ》（築山殿《つきやまどの》）。過酷《かこく》な運命《うんめい》が彼女《かのじょ》を待《ま》ち…。寿桂尼《じゅけいに》の物語《ものがたり》も収録《しゅうろく》。

—濃姫《のうひめ》の物語《ものがたり》—

美濃《みの》の斎藤道三《さいとうどうざん》の娘《むすめ》・濃姫《のうひめ》。隣国《りんごく》・尾張《おわり》の"うつけ"とよばれる織田信長《おだのぶなが》に嫁《とつ》ぎ…。

「みらい文庫《ぶんこ》」読者《どくしゃ》のみなさんへ

言葉《ことば》を学《まな》ぶ、感性《かんせい》を磨《みが》く、創造力《そうぞうりょく》を育《はぐく》む……、読書《どくしょ》は「人間力《にんげんりょく》」を高《たか》めるために欠《か》かせません。たった一枚《いちまい》のページをめくる向《む》こう側《がわ》に、未知《みち》の世界《せかい》、ドキドキのみらいが無限《むげん》に広《ひろ》がっている。これこそが「本《ほん》」だけが持《も》っているパワーです。

学校《がっこう》の朝《あさ》の読書《どくしょ》に、休《やす》み時間《じかん》に、放課後《ほうかご》に……。いつでも、どこでも、すぐに続《つづ》きを読《よ》みたくなるような、魅力《みりょく》に溢《あふ》れる本《ほん》をたくさん揃《そろ》えていきたい。読書《どくしょ》がくれる、心《こころ》がきらきらしたり胸《むね》がきゅんとする瞬間《しゅんかん》を体験《たいけん》してほしい、楽《たの》しんでほしい。みらいの日本《にほん》、そして世界《せかい》を担《にな》うみなさんが、やがて大人《おとな》になった時《とき》、「読書《どくしょ》の魅力《みりょく》を初《はじ》めて知《し》った本《ほん》」「自分《じぶん》のおこづかいで初《はじ》めて買《か》った一冊《いっさつ》」と思《おも》い出《だ》してくれるような作品《さくひん》を一所懸命《いっしょけんめい》、大切《たいせつ》に創《つく》っていきたい。

そんないっぱいの想《おも》いを込《こ》めながら、作家《さっか》の先生方《せんせいがた》と一緒《いっしょ》に、私《わたし》たちは素敵《すてき》な本作《ほんづく》りを続《つづ》けていきます。「みらい文庫《ぶんこ》」は、無限《むげん》の宇宙《うちゅう》に浮《う》かぶ星《ほし》のように、夢《ゆめ》をたたえ輝《かがや》きながら、次々《つぎつぎ》と新《あたら》しく生《う》まれ続《つづ》けます。

本《ほん》を持《も》つ、その手《て》の中《なか》に、ドキドキするみらい――。

本《ほん》の宇宙《うちゅう》から、自分《じぶん》だけの健《すこ》やかな空想力《くうそうりょく》を育《そだ》て、〝みらいの星《ほし》〟をたくさん見《み》つけてください。

そして、大切《たいせつ》なこと、大切《たいせつ》な人《ひと》をきちんと守《まも》る、強《つよ》くて、やさしい大人《おとな》になってくれることを心《こころ》から願《ねが》っています。

2011年《ねん》　春《はる》

集英社《しゅうえいしゃ》みらい文庫《ぶんこ》編集部《へんしゅうぶ》

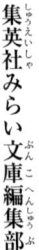